발은 땅을 디디고
손은 흙을 어루만지며

발은 땅을 디디고
손은 흙을 어루만지며

도시텃밭 그림일지

유현미

방금 여기 행신동
텃밭에서 따 온
아욱 나눕니다.
♡

오후의소묘

일
러
두
기

• 맞춤법과 외래어 표기는 현행 규정과 국립국어원의 〈표준국어대사전〉을 따랐지만
  일부는 예외로 두었습니다.
• 전국 각지의 방언을 두루 썼으며, 표기는 국립국어원의 〈우리말샘〉을 참조했습니다.
• 작물명은 널리 통용되는 이름을 사용했습니다 .
• 도와주신 분들께 감사드립니다.
  소월순·안동신(고양 행신동 텃밭 농장), 송영심(벌교 주민), 이옥선(고양 선바라기 정원),
  장길섭(농부, 홍성 동곡마을 이장), 전용성(고양 삼부자 농원), 한소영(곡성 주민)

차례

텃밭은 묘한 장소다. 텃밭 그 자체로서는 자연이나 야생과 등가물은 아니다. 텃밭이라고 말하는 순간 인간의 개입이 전제된 인위적인 공간임을 누구나 알 수 있다. 밭이란 인간이 힘을 들여 작물을 키워내는 곳이니까. 그런데 텃밭을 돌보다 보면 (이 '돌보다'는 말은 정확하지는 않다. 누가 누구를 돌보나.) 이곳에 모든 것이 다 있다고 느껴질 때가 많다. 인간이 텃밭에서 꼼지락꼼지락 움직이는 동안 놀랍게도 자연과 야생이 슬그머니 합방한다. 다정하고도 거친, 온전한 한 세계가 이 작다란 땅에 펼쳐지고 마는 것이다.

도시에서는 흙이 귀하다. 땅을 보기가 어렵다. 온통 아스팔트 콘크리트로 덮여 있다. 아파트 단지 화단이나 가로수 아래, 발품을 팔아 동네 둘레길 숲에라도 가야 흙을 디디고 냄새를 맡을 수 있다. 도시가 아무리 흙을 보기 어려운 곳이 되었어도 도시 삶의 바탕은 여전히 흙일 것이다. 콘크리트 담벼락 틈새에서 풀이 왕성하게 자라나는 것을 보면 그 틈새에 내려앉은, 잘 보이지도 않는 아주 적은 양의 흙이 지닌 어마어마한 생명의 힘을 짐작할 수 있다. 모든 삶의 바탕은 여전히 흙이다.

도시에서 땅을 디디고 흙을 만질 수 있다면 그것은 아주 드물고 귀한 경험이 될 것이다. 마음만 먹으면 한 뙈기 도시텃밭에서 그 호사를 마음껏 누릴 수 있다. 오랫동안 수도권에 살면서 나는 틈틈이 텃밭을 해왔다. 약간의 임대료를 내고 다섯 평이나 열 평쯤 되는 땅에 '농사'를 짓는다고 하면 소꿉놀이처럼 여기는 사람도 있지만, 텃밭 농사가 소꿉놀이인 적은 한 번도 없었다. 아무리 사소하고 작은 농사라도 농사는 정성이 들어간다. 집 가까이에 마땅한 곳이 없어 집에서 꽤 먼 곳에 텃밭을 둔 적이 있다. 양평 두물머리 친환경 텃밭 농장이었는데, 흙이 정말 좋아서 심기만 하면 무엇이든 잘 자라는 곳이었으나 멀다 보니 말 그대로 주말에만 겨우 가는 주말농장이 되었다. 그 주말조차 꼬박꼬박 가지는 못해서 알아서 잘 자란 잎채소들이 거둘 때가 지나 녹아 썩어버리는 참사를 맞기도 했다. 텃밭은 가까워야 한다는 것을 그때도 몰랐던 것은 아닌데.

언니들과 함께 하고 있는 지금 텃밭은 집에서 가깝다. 걸어서 30분, 자전거로는 10분. 무려 스무 평으로 텃밭 평수도 늘어났다.

내 집보다 넓다! 친밀한 관계를 맺기 좋은 물리적 조건 속에서 비로소 나는 텃밭과 동무가 되었다. 아니, 텃밭이 나를 받아주었다고 해야 옳겠지. 이제는 일상 공간으로서의 텃밭, 또 하나의 삶터다.

조금 더 솔직해지자면, 텃밭은 나를 구해주었다. 이 말은 과장이 아니고 사실이다. 특히 지난해에는 살아 있어도 산 것 같지 않은 지독한 무기력에서 좀체 헤어 나오지 못했다. 우울감일 수도 있는 그것은 힘이 셌다. 아무것도 하고 싶지 않아졌고, 몸을 일으켜 요 앞 동네 개천 산책로를 걸으러 나가지도 못했다. 주제넘은 세상 걱정은커녕 내가 안 죽고 살아남는 것이 과제가 되었다.

도시에 사는 내 곁에, 멀지 않은 곳에 텃밭이 있는 것은 천만다행, 아니 축복이었다. 한없이 무기력한 나를 텃밭은 있는 그대로 받아준다. 타인과 대면해야 하는 다양한 사회관계 속에서는 나도 모르게 이런저런 가면을 쓰고 산다. 한참 뒤에야 알게 된 사실이지만, 아주 오래전의 나는 사랑을 받으려고 또는 남에게 잘 보이고 싶어서 꽤 오랫동안 가짜로 방글방글 웃는 사람이었다. 잘 웃는다는 소리를 많이 들었고 그런 말을 들을 때마다 속으로 이것은 내가 아닌데, 하고 혼잣말했던 기억이 난다. 가면은 옳지 않거나 거짓인 것이 아니라 진실한 내 모습이기도 하다. 세상에서 살아남기 위한 변신이랄까. 그럴 수밖에 없겠는 궁여지책, 지혜로운 생존 방법 중 하나다. 이렇게 가면은 꽤 괜찮은 것이기도 한데.

텃밭에서는 그런 괜찮은 가면도 홀홀 벗는다. 일단 쓸데없이 복

잡한 머리가 아니라 몸이 먼저 움직인다. 눈, 코, 귀, 혀, 손과 발이 바쁘다. 잡생각이 끼어들어도 얼마 못 간다. 부지런히 몸을 놀리다 보면 어느새 오롯이 나 자신이 되어 있다. 살아 있다는 감각이 새로이 피어나면서 잃었던 자유가 돌아온다. 복잡하고 단조로운 도시의 가장자리, 흙이 숨 쉬는 작다란 임대 공간은 놀라운 해방구가 된다. 몸을 움직이면 살 수 있다. 텃밭은 흙과 더불어 나를 끊임없이 움직이게 하여 나를 살린다. 씨를 뿌리고 작물이 자라는 것을 지켜보고 도우면서 나도 함께 자란다. 내가 키우고 돌보는 것 같지만 내가 더 보살핌을 받는다.

도시텃밭 농사는 재미있고 힘은 조금밖에 안 든다. 면적이 얼마 안 되니까 정성을 조금만 기울이면 누구라도 할 만하다. 아니, 할 만한 정도가 아니라 텃밭은 두 배, 세 배, 백 배로 유형무형의 결실을 안겨준다. 그것은 값을 매기기 어렵다. '지금 내가 있는 곳이 내 삶의 최전선'이라는 생각을 이제야 하게 된 늦깎이 나에게 텃밭은 나의 최전선이기도 하다. 힘들고 재미있는, 흙냄새 향기로운 최전선, 나의 보금자리.

우리 텃밭이 속해 있는 텃밭 농장은 '생존자'다. 새롭게 발표된 거창하기 짝이 없는 창릉 3기 신도시 개발 구역에 간신히 포함되지 않았다. 다행이라고 해야 하나. 언제까지일지 몰라도 흙이 숨 쉬는 땅으로 계속 남게 되었다. 도시텃밭은 도시 생태계의 허파다. 비싼

부동산이 아니라 꼭 지켜야 할 귀하디귀한 생명의 땅이다.

이 텃밭 농사 일지는 친절하고 실용적인 도시텃밭 지침서가 아니다. 별 쓸모없는 이 책은 텃밭이라는 작고 위대한 흙 엄마가 욕구 불만에 찌든 한 어른아이를 보살피고 보듬고 볼 비비며 아낌없이 사랑한 일방적인 사랑 이야기랄까. 그 큰 사랑을, 기쁨을, 가만히 자랑하고 싶다.

2023년 봄
유현미

뿌리고 심고 한눈팔고
집에 가고 싶지 않아라

딱새를 보면

•

3월 18일

텃밭 농장에 들렀다. 곧 봄 농사 시작이다. 우리 밭 양옆으로는 역시나 변함없이 새로 만든 두둑마다 검정 비닐을 일제히 씌워놓았네. 새까맣다. 주말농장 태반이 비닐멀칭을 한다. 그러려니 하면서도 답답하다. 땅도 숨을 쉬어야 하는데.

농사가 생업이면 모를까 작다란 주말농장 텃밭에서까지 비닐멀칭을 꼭 해야 할까? 땅을 비닐로 싸면 습기가 보존되어 작물이 잘 자라고, 풀은 거의 안 난다. 그렇게 하지 않은 우리 밭은? 풀이 잘 나고 작물도 잘 자란다. 나는 풀이 함께 자라는 밭이 좋다.

호미와 삽으로 밭을 일구며 흙에 섞여 있는 검정 비닐 조각을 줍는다. 사방에서 날아온 것들이다. 전에는 돌을 한참 골라내야 했는데, 언제부턴가 돌보다는 비닐 조각 줍는 것이 일이 되었다. 꾸역꾸역 비닐 조각을 찾아 줍고 있는데 찌용 찌용 찌용 찌이 찌이 하고 내 뒤통수 위에서 누군가 발랄한 소리를 낸다. 고개를 돌려 올려다보니 전깃줄에 수컷 딱새가 앉아 주둥이를 쫙쫙 벌려 노래하고 있다. 꼬리를 까딱까딱하며. 생동 그 자체다. 나를 구경하고 있는 거야? 한참을 그렇게 더 있다 날아갔다.

딱새를 보면 안심이 된다. 작은 새는 봄을 노래한다. 크고 무거운 나도 봄을 노래하자. 불평할 권리 없음. 노래하지 않을 까닭 없음. 수도권 큰 도시에 살면서 흙을 디디고 몸을 써서 일하고 푸른 것들과 함께 자라날 수 있는 한 뙈기 텃밭이 지금 내 앞에 있다.

밭에 거름을 넣는다. 20킬로그램 퇴비 부대 열 개를 헐어 스무 평 텃밭 흙에 고루 거름을 섞어둔다. 약간의 삽질과 상당한 호미질 품이 드는 이 단순한 작업에 오랜만에 온몸의 근육이 놀란다. 근육 놀라는 것이 재미있다.

흙은 좋다. 흙을 만지고 싶어서 일할 때도 꼭 필요한 경우가 아니면 장갑을 끼지 않고 맨손으로 한다. 씨 뿌릴 때, 모종 심을 때, 감자 캘 때, 마땅하다는 듯 맨손으로 한다. 손뿐이랴. 발도 맨발이고 싶은데 그것은 좀 무리가 있어서 참는다.

흙이란 무엇인가. 표준국어대사전에서는 '지구의 표면을 덮고 있는, 바위가 부스러져 생긴 가루인 무기물과 동식물에서 생긴 유기물이 섞여 이루어진 물질'로 풀이한다. 다른 말로는 '토양'. 설명이

좀 딱딱하지? 인간이 흙에서 생겨났다는 말은 없구나. 생략되었을
뿐 내포하고 있다고 생각한다. 절로 자라는 풀이며 사람이 심어서
돌보는 작물을 보면 흙이 엄마인 것이 틀림없다. 이 큰 엄마한테서
인간도 다른 동물들도 나왔겠지.

　도시텃밭은 흙의 다정하고 위대한 만물 농사를 지켜볼 수 있는
귀중한 장소다. 이 소박하고 넉넉한 품에 안겨 흙 인간으로 다시 태
어나기를 나는 꿈꾼다.

심는 것은 금방이다. 심기 전 밭 만들기가 시간이 걸리고 힘도 좀 들지. 감자, 고구마, 고추, 가지를 심을 두둑을 봉긋하게 만들고, 가지와 애호박 넝쿨 그물망 지지대를 세우고, 상추, 쑥갓 같은 잎채소들을 어디에 무엇 무엇 심을지 미리 계획하여 설계도를 그리고, 그 설계도대로 밭 만들기. 다섯 평이라면 모를까 스무 평은 눈대중으로 대충했다간 이래저래 낭패 보기 십상이다.

씨 뿌리기 며칠 전 밭을 미리 만들어놓았다. 호미만으로는 안 되고 삽과 괭이를 써서 두둑을 만들고 구획을 하고 흙을 일구어놓고. 이게 얼마 만의 삽질이야! 혼잣말하며 중간에 한 번씩 허리 펴주는 걸 잊지 않고. 별로 힘들지 않았던 것은 역시 재미있었기 때문이다. 호미질도 삽질도 즐겁다. 아주 넓은 밭이라면 힘이 들고 탄식도 나오겠지만 스무 평쯤이야.

씨 뿌리고 모종 심는 첫날엔 식구들이 모여 함께 일한다. 시간과 정교함이 필요한 그물망 지지대 만드는 일은 밭 주인인 작은언니의 남편이 잘한다. 해마다 전담한다. 그것 말고는 별로 일이랄 게 없다. 심는 것은 금방이니까.

경기 북부 지역에 드는 우리 동네 텃밭 봄 농사는 식목일 전후로 시작된다. 추위에 강해서 3월 중순부터 심는 감자나 완두콩 말고는 씨앗이나 모종 대부분을 4월 5일 지나서 뿌리고 심는다. 작물마다 알맞은 때가 따로 있어서 한날 한꺼번에 다 뿌리거나 심지 않고 때에 맞게 사이를 두고 심어나간다. 올해는 씨감자와 완두콩을 3월 중에 미리 심지 못하고 오늘에서야 상추씨, 홍화씨와 함께 심었다. 꽃을 좋아하는 작은언니는 올해도 한 이랑을 따로 꽃밭으로 삼아 가꿀 작정이다. 꽃양귀비와 분꽃 씨를 우선 심고, 수레국화와 천일홍은 나중에 모종으로 심으신다고요. 올해도 시푸른 초록 일색의 6월 텃밭에 서늘하도록 강렬한 대비를 이루는 다홍빛 꽃양귀비가 피어나 저를 바라보는 인간들을 깜짝 놀라고 철없이 기쁘게 할 것인가.

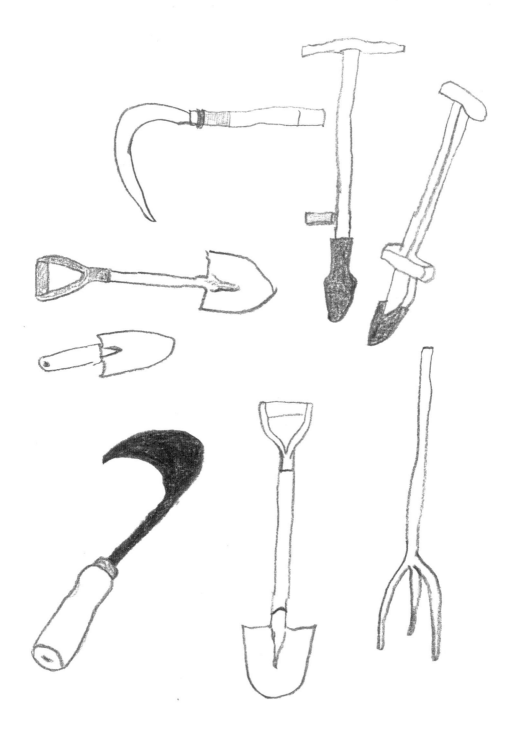

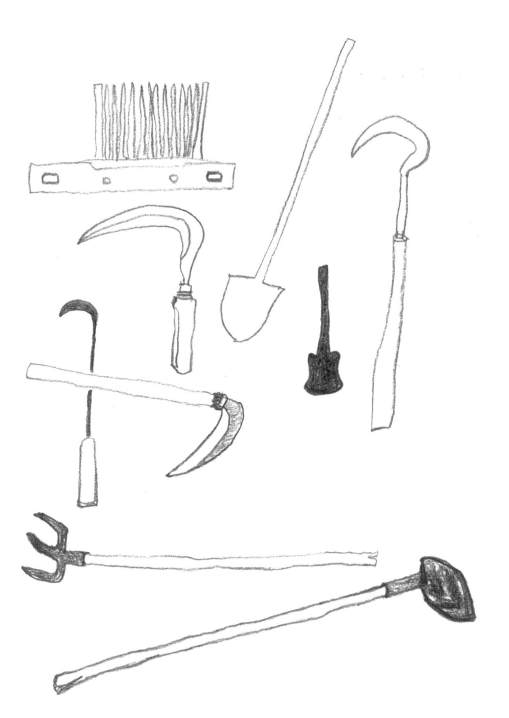

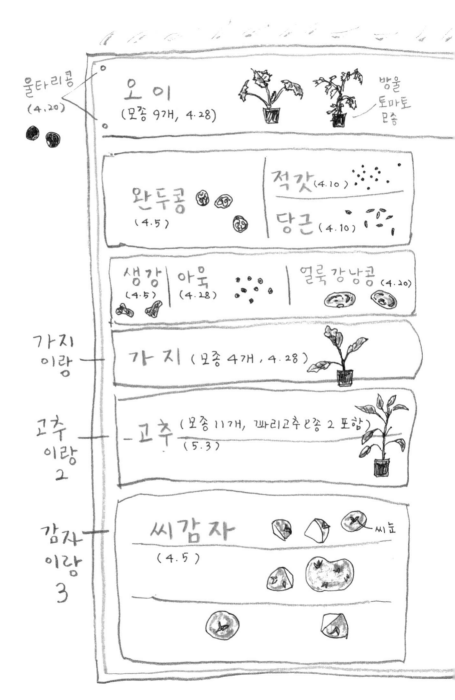

봄 텃밭 작물 지도

울타리콩
(4.20)

오이
(모종 9개, 4.28)

방울토마토 모종

완두콩
(4.5)

적갓 (4.10)

당근 (4.10)

생강
(4.5)

아욱
(4.28)

얼룩강낭콩 (4.20)

가지 이랑

가지 (모종 4개, 4.28)

고추 이랑 2

고추 (모종 11개, 까리고추 모종 2 포함)
(5.3)

감자 이랑 3

씨감자
(4.5)

씨눈

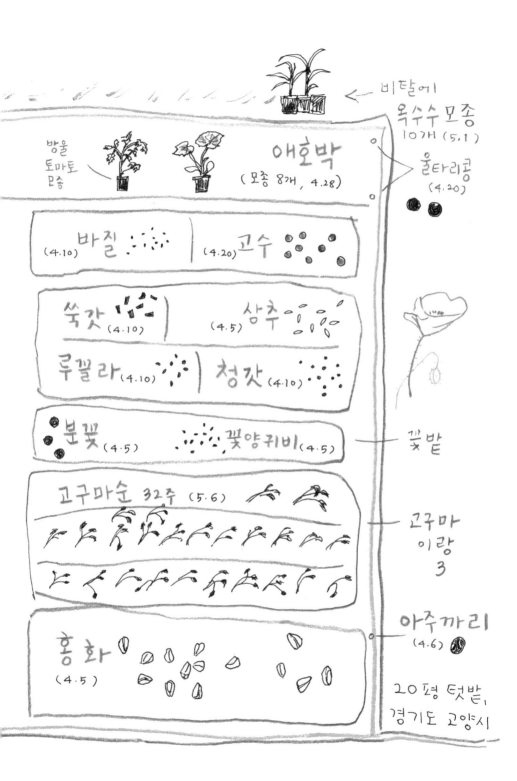

비탈에
옥수수모종
10개 (5.1)

방울
토마토
모종

애호박
(모종 8개, 4.28)

울타리콩
(4.20)

바질 (4.10)   (4.20) 고수

쑥갓 (4.10)   (4.5) 상추

루꼴라 (4.10)   청갓 (4.10)

분꽃 (4.5)   꽃양귀비 (4.5)   꽃밭

고구마순 32주 (5.6)   고구마
이랑
3

홍화
(4.5)

아주까리
(4.6)

20평 텃밭,
경기도 고양시

씨감자와 완두콩은 3월 중순부터 심는다. 오이, 애호박, 고추 모종은 늦서리가 더 이상 오지 않을 5월 초나 중순에 심어야 냉해를 입지 않는다. 오이와 애호박 모종은 넝쿨 지지대와 그물을 설치하고 앞뒤 두 열로 심는다.

씨를 뿌린 뒤 한동안은 텃밭에서 할 일이 별로 없다. 싹이 나려면 빠르면 열흘, 보통은 보름 이상 걸리기 때문에 그동안 사나흘에 한 번씩 물 주는 것 말고는 한가하다. 군데군데 푸른 모종이라도 심지 않는 이상 겉으로는 텅 빈 듯 썰렁한 텃밭.

　사실 3월 말부터 4월에 나는 다른 일로 바쁘다. 일이라기보다 놀이인 그것은 쑥 캐기. 나에게 봄은 쑥으로 온다, 고도 말할 수 있다. 눈 감으면 이내 아른거리는 쑥을 캐러 이삼일에 한 번씩 동네 외곽으로 나간다. 드물게 부지런을 피운다. 주인은 있으되 방치되어 있는 쑥대밭이나 약을 치지 않았다고 내 멋대로 믿어버리는 비탈과 논둑 같은 곳을 찾아다닌다. 쭈그리고서 앉은걸음을 하며 쑥을 캔다.

향긋한 쑥국이나 차진 쑥 개떡도 좋지만 쑥을 캐는 것 자체가 나를 달뜨게 한다. 날마다 쑥 캐는 날 같았으면 하고 바라기도 한다. 쑥을 캐는 이맘때는 봄이 무르익어 가는 때. 오늘도 가까운 나무에서 청딱따구리가 청아한 목소리로 노래한다. 들어도 들어도 물리지 않는, 안 들리면 문득 기다려지는 그리운 소리.

오늘 덤불 쑥대밭에 사람은 나 말고 아무도 없었다. 그것이 그렇게 좋았다. 한 달 남짓 된 대선 결과의 후유증이 크다. 몸서리난다. 이게 그저 후유증인가. 인격과 영혼은 종잇장처럼 구겨지고, 모욕감의 무게는 바윗덩이 같아서 하염없이 가라앉았다. 절망으로 피폐해진 나에게 덤불 속에서 그 독특한 빛깔로 제 존재를 알리는 쑥은 내 손을 바쁘게 하여 나를 구원한다. 토실토실 물이 오른 쑥을 캔다. 오직 쑥을 캔다. 고단한 마음과 몸이 쑥빛 봄의 품에 안긴다. 노여움으로 날선 마음이 조금은 다독여지는가. 겨울을 뚫고 돋아난 작고 힘세고 싱그러운 쑥의 기운이 나에게 철썩 달라붙어 있는 지독한 무기력을 가만가만 쓸어낸다. 그러니 매일같이 도시 변두리 들판으로 더 달려 나가는가 보다. 살려고.

집에 가기 싫구나. 고라니 똥알 지천인 이 쑥대밭에서 저물도록 있자, 하는데 마른 덤불 위로 뭐가 스윽 나타난다. 등에 까만 줄이 또렷하게 나 있는 것이 등줄쥐! 이 녀석이 등짝만 보여주며 2, 3초쯤 머물러 있다 사라졌다. 조그맣고 귀엽고 무시무시한 병을 옮기기도 하는 녀석. 앞모습은 못 봤다. 방금 내가 캔 쑥들은 등줄쥐의 따뜻한 뱃가죽이 스친 것들 아니야? 이상 고온으로 기온이 23도까지 올라 내 등짝도 따가웠는데. 이런 날이라면 꽃배암도 햇볕을 쬐려고 굴 밖으로 나와 쑥 사이로 부드러이 굽이쳐 지나갔을지도 모르지. 그랬기를. 모두들 평화로이 살아남기를.

낮에 쑥 캐고 저녁에 텃밭으로 돌아와 청갓, 적갓, 루꼴라와 쑥갓 씨를 뿌렸다. 길가 벚나무, 개나리, 목련 들은 꽃 다 떨구고 잎이 나고 있다. 오는 수요일에는 반가운 비 예보가 있다. 많이 좀 내려줘서. 들을 적시고, 기왕이면 땅속 깊이까지 넉넉히 적시고, 한 얄팍한 인간의 팍팍한 마음속까지도 촉촉이 적셔줘서. 부디.

쑥 개떡

친구 엄마가 해마다 빚어서 3녀 2남 자식들에게 고루 보내는 쑥 개떡을 친구가 나누어주었다. 엄마는 대체 몇 년째 이 맛있는 수고를…. 동그란 쑥 개떡은 보름달을 닮았다. 계수나무와 토끼도 이 달 속에 살고 있을 것 같다.

벌교 송영심 여사

무마랭이 차 납시오 • 4월 20일

오늘은 24절기 중 곡우穀雨다. 온갖 곡식을 이롭게 하는 비가 내리는 때라고 곡우인데 비는 올 기미가 없다. 이때 맞춰 비가 소담히 내려서 신기해하며 반갑게 맞이한 기억들이 있는데, 올해는 물 건너갔다.

비는 안 오고 특별한 무말랭이가 남도 벌교에서 올라왔다. 동무의 팔순 엄마가 김장하고 남은 텃밭 가을무를 엄마만의 비법으로 가공한 말랭이. 무를 썰어 말린 무말랭이는 보통 반찬을 해 먹는데 이 무말랭이는 뜨거운 물을 부어 차로 마신다. 처음 보고는 말린 둥굴레 차인가 했다. 무로도 차를 해 마시나? 뜨뜻미지근하게 반응하며 궁금하기는 해서 물을 끓여 잔에 붓고 무말랭이를 한두 개 넣어 마셔보는데 으아~.

그윽한 풍미가 일품이다. 무가 이렇게 변신할 수가 있나. 고급지다. 헤어 나올 수 없는 맛이 될 것 같다. 여러 잔 마셔도 속이 편하다. 무말랭이로 차를 만들 생각을 어떻게 하셨을까. 그리고 어떻게 만드신 거지? 엄니 딸에게 물어보지 않을 수 없다.

무를 썰어 마당에 넌다. 아침에 널었다가 저녁에 거두기를 겨우내 반복한다. 마당에서 햇빛 쐬고 바람 쐬고 눈 맞으며 얼었다 녹았다 조금씩 말라가는 무말랭이. 문제가 있다. 엄마 집이 들판 한가운데 있어서 무 말릴 때 온갖 '날짐승'들이 달려든다는 것. 참새에 어치, 무리 지어 움직이는 물까치까지 드나드니 방앗간 중에 상 방앗간이

다. 심지어 방랑 개도 와서 꼬들꼬들 말라가는 무말랭이를 맛나게 먹는다. 그러니 엄마가 마당에 무 널어놓고 맘 편히 쉬지 못하고 지켜봐야 한다. 내가 어렸을 때 가을 논에서 벼 이삭 쪼아 먹으려고 몰려드는 참새 떼를 후여후여 쫓아야 했듯이. 그래도 얼마간은 새와 개에게 기꺼이 보시를 하고, 무탈히 마당에서 겨울을 난 대견한 무말랭이들을 어느 장날 마음먹고 가져가서 뻥튀기 장수에게 맡겨 구워낸다.

뻥이요~ 하는 그 뻥튀기 철통에 구워낼 생각을 어떻게 하셨을까. 나는 무말랭이 차가 만들어진 흥미진진 녹록지 않은 여정을 상상하며 입꼬리가 절로 귀에 걸린다. 그림책이 펼쳐진다.

　엄니, 무말랭이 차 또 만들어줘요. 내년에도 기다릴 테요. 그럴라믄 덜 아프고 건강하셔야 합니다. 고맙습니다. 잘 먹을게요.

뭐라 설명할 길 없는 깊고
그윽한 풍미와 빛깔과 생김.
기쁜
벌교 송영심 여사 무 말랭 차
납시오 ～

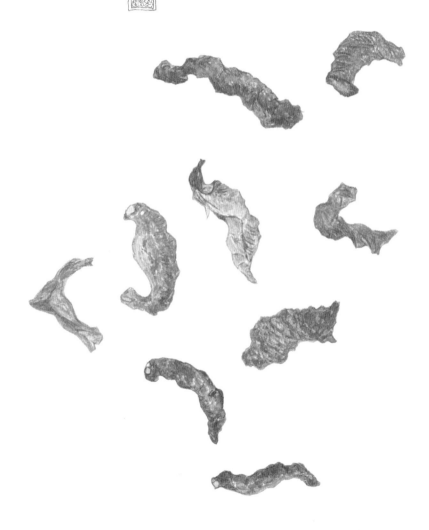

사흘 만인가? 며칠 만에 밭에 오니 딴 세상이 되어 있다. 새싹이 올라오니 내 마음도 붕붕 피어오른다.

홍화가 싹이 꽤 올라왔다. 고르게 다 올라오지 않고 3분의 1쯤은 감감무소식. 싹이 트지 않은 자리가 휑하게 비어 있다. 속사정이 있겠지. 비어 있는 자리는 늘 더 커 보인다.

기다리고 기다리던 감자 싹은 두 개만 먼저 올라왔다. 밀고 올라오는 새싹의 힘에 밀려 둘레의 굳은 흙이 쩍 갈라져 있다. 솜털 보송보송한 손톱만 한 싹 위에 흙덩이가 무거운 모자처럼 얹혀 있다. 갓난아기 숨결 같은 어린 싹이 어떻게 저렇게 힘이 셀까. 영원한 수수께끼다.

새싹이 올라오기도 하고 아직 올라오지 않기도 한 텃밭에 물을

준다. 이웃 텃밭 아저씨가 수도에 호스를 달아놓아 모두들 편하게 쓴다. 그동안 물조리개에 물을 받아 수도와 텃밭을 수도 없이 오가며 물을 줘왔는데 이 기다란 호스가 생긴 뒤로 물조리개는 뒷전이다. 물조리개로 물을 주려면 힘도 들고 시간도 몇 곱절 더 걸린다. 모든 것은 그에 따르는 대가가 있기 마련이니. 호스로 물을 주면 여러모로 편하지만 예를 들어, 안 보이던 늑대거미들 일제히 나타나 앗 차거라, 걸음아 나 살려라 굼실굼실 흩어져 냅다 달아나는 진풍경은 볼 수 없다. 이런 풍경은 물조리개로 작물에 직접 물을 줄 때나 마주할 수 있는 선물이다. 고개 내민 싹들도 다정하니 눈 맞추며 들여다보지 못한다. 아이참, 왜 편리한 것들은 대부분 '친밀한 관계'를 방해하는 것일까.

물을 흠뻑 주고 나서 등산의자를 펴고 앉아 텃밭을 바라본다. 촉촉해진 텃밭을 멍하니 마주하는 불멍 같은 텃밭멍. 아, 집에 가고 싶지 않아라. 텃밭 농장에 몇 그루 있는 사과나무에서 깜짝 놀라도록 그윽한 꽃향기가 날아온다. 아직은 겉모습 심심한 텃밭에 흰나비 둘이 나타나 희롱한다. 나비 날갯짓에 투명한 허공이 접혔다 펴졌다 한다. 저만치 아주 가까운 문산 서울 간 고속도로로, 또 고속도로 버금가게 잘 나 있는 지방 도로로 차들이 쉼 없이 지나다니는, 여기 살아남은 땅, 텃밭 농장. 언제나 차 소리에 포위되어 있지만 그러거나 말거나 오늘도 가뭄에 목말라하는 텃밭에 물 주며 내가 그 물 받아 마시는 것처럼 기쁘다. 이 이상하고 오묘한 기쁨은 어디서 오는 걸까.

새싹들아, 어여 올라오지 말고 너희 나오고 싶을 때 나오렴. 나는 기다릴 수 있어.

텃밭 농사를 지으니 날마다 날씨를 들여다보게 된다. 대체 비가 언제 오나 하고. 비가 안 오니 싹이 트지 않는다. 물을 정성껏 주지만 하늘에서 비 한번 오는 것에 댈 바가 못 된다.

아직 4월인데 오늘은 낮에 기온이 29도까지 치솟았다. 밤에는 또 10도 아래로 내려가 쌀쌀하다. 자연스러운 일교차를 훌쩍 넘어선다. 대단히 이상한 날씨다. 내가 씨앗이라도 고민되겠다. 언제쯤 싹을 틔워 밖으로 나가면 좋을지. 나가는 게 과연 괜찮을지.

날씨로 골머리 앓는 텃밭을 떠나 동네 둘레길 숲에 들어오니 연두 폭발로 황홀할 지경이다. 오솔길 한 나무에 기대어 숨죽이고 가만히 숲의 숨소리를 듣는다. 나뭇잎 색이 연둣빛으로 한창 어여쁜 때. 멍하니 신록의 향연에 빠져 있는데 개와 함께 걷던 지나가는 사람이 참지 못하고 나에게 말한다. 길이 참 예쁘지요?

처음 보는, 모르는 이에게 절로 말이 튀어나올 정도로 오늘 숲은 아름답다. 어디선가 꿩~ 꿩~ 장끼가 힘차게 울어젖힌다. 포효하는 봄이다. 숲속에 있으니 세상은 변함없이 푸르고 아무 문제도 없는 것처럼 느껴진다.

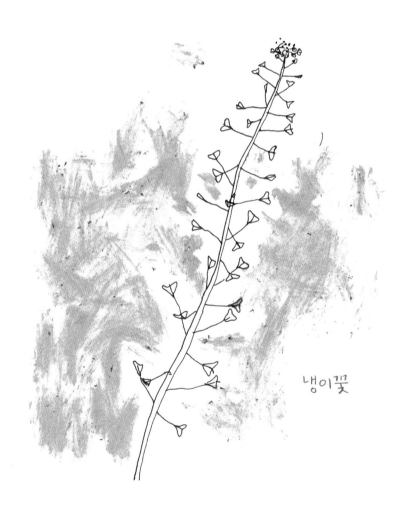

냉이꽃

간밤에 비 온 뒤 날이 활짝 피었다. 절로 콧노래가 나온다. 비가 제법 내렸는지 텃밭이 촉촉하다. 겉만 겨우 젖은 건 아닐까, 의심 많은 나는 손가락으로 감자 두둑을 쿡 찔러본다. 흙 속 꽤 깊이까지 젖어 있다. 이야, 참 좋구나.

절로 자라난 아욱 싹이 기지개를 켠다. 그 작고 여린 잎에 벌써 누가 구멍을 뽕뽕 뚫어놓았네. 대체 누구 짓인지 양심도 없어라. 범인 현상 수배합니다. 여태 싹 트지 않은 대다수 씨앗은 이번 비에 각성하고 온몸 근질근질해졌기를 바랍니다.

기울어진 농장 손수레에 고인 빗물 가장자리로 송홧가루가 노랗게 테를 두르고 있다. 장끼가 소리 질러대는 낮은 앞산도 어젯밤 비에 세수하고 뽀짝뽀짝 빛이 난다. 사과꽃은 기쁘게 져간다. 가만히 있기만 해도 충만하다.

비 온 뒤 텃밭은 오전 내내 나를 붙들어둘 셈이다.

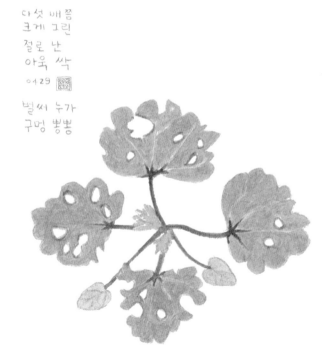

다섯 배쯤
크게 그린
절로 난
아욱 싹
0429 🔳

벌써 누가
구멍 뿅뿅

텃밭에 누가 똥 쌌어?

●

5월 3일

누구 짓일까? 처음엔 못 알아봤다. 똥색이나 흙색이나 비슷해서 똥이 작게 한 무더기 똬리를 틀고 있어도 잘 안 보였다. 싹 안 올라왔나, 하고 흙을 자세히 살펴보다가 겨우 알아보았지. 나의 첫 반응은? 크크크.

이게 웬 떡이냐, 아니 똥이냐! 반갑고 재미있다. 아무래도 개똥 같은데, 개라도 이곳 텃밭 농장에 제 발로 들어와서 똥을 누고 가기란 여간 드문 일이 아니어서 무슨 특별한 선택이라도 받은 듯 마음이 웃는다. 떠돌이 개가 밤에 돌아다니다 아무도 없는 농장까지 들어왔다가 마침 뒤가 급하여 누고 갔나? 너구리 짓일 수도 있다. 근처 숲에 너구리가 살고 있을 수 있으니까. 야행성 너구리가 어두울 때 텃밭 농장으로 마실 나왔다가 자연이 부르는 대로 시원하게

41

일을 보았는지도.

　누구 짓이건 천연덕스러운 자연의 한 풍경이다. 오늘 싼 것은 아
니고 하루 이틀 전쯤? 햇볕에 똥 겉이 말라서 냄새가 거의 안 나고
똥답게 역시나 똥파리가 꼬여 있다. 똥파리라고 늘 똥을 먹을 수
있는 것은 아니다. 하나, 둘, 세 마리나 오서서 맛나게 특식을 잡숫
고 있다. 다들 먹기 바빠 거인이 앞에 앉아 있어도 신경도 안 쓴다.
어떤 똥파리는 등짝이 올리브그린 가까운 풀색으로 귀티가 다 난
다. 예쁘네요, 똥파리.

　처음엔 똥을 딴 데로 치울 생각도 잠깐 했다. 바보.
똥을 왜 치워. 거름 되고 좋지. 똥 있는 자리가 아마
아욱씨 뿌린 데지? 두고 보자.

　너구리든 개든 또 오렴. 대환영이야.

　나는 똥이 더럽지 않다. 똥은 좋다.

42

홍화밭 한쪽 귀퉁이에 올라온 것은 혹시나 하고 심어본 아주까리,
피마자 맞지요? 반가워요.

올라올까 안 올라올까 궁금했어요. 두 해 묵은 피마자 씨앗 세
알을 세 군데 심었는데 딱 하나 올라온 것이 그대입니다.

기다렸어요. 환영해요.

우리 한번 이 텃밭에서 같이 살아봅시다.

피마자 싹
떡잎 두 장

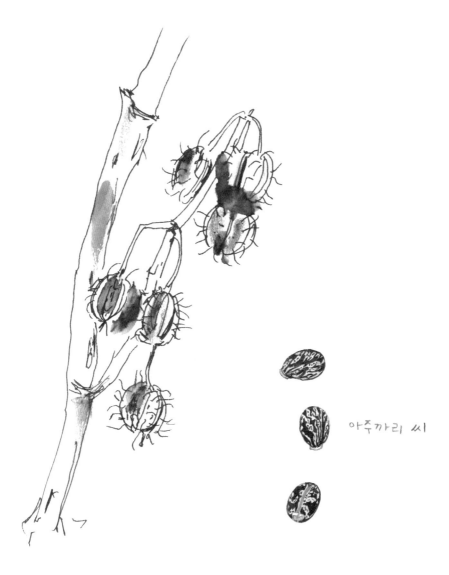

아주까리 씨

슬쩍 한번 내리고는 또 오래 안 오는 비. 독한 가뭄 중에도 작물은
자란다. 올해는 뜻밖에 루꼴라가 가장 먼저 첫물 수확할 수 있을
만큼 자랐다. 부드러워서 샐러드에 넣어 먹으면 알맞겠다. 첫물은
내가 먹지 않고 다른 이에게 양보한다. 어쩐지 첫물은 그렇게 해야
옳을 것 같다. 귀한 첫물은 타인에게. 그 기쁨은 내 차지.

상추는 씨 뿌린 지 한 달이 지났는데 이제야 싹이 나서 엉금엉
금 자라고 있다. 상추 싹을 바라본다. 안 좋은 쪽으로 변화무쌍한
기후변화에 살아남으려고 저희도 안간힘을 쓰고 있겠지. 완두콩도
다시 심어야 하나, 생각할 즈음에 싹이 몇 개 고개를 내밀었다.

작년과 같은 시기에 심은 애호박과 오이 모종은 결국 냉해를 입
었다. 밤에 기온이 너무 내려갔다. 어떤 모종은 바싹 말라버렸고

살아남은 모종도 잎이 싯누런
것이 옳지 않다. 일고여덟 개 중 한두 개
씩만 남기고 새로 모종을 구해 다시 심었다.
　이 짠하고 안쓰러운 텃밭에 보란 듯이 씩씩
하고 시푸른 것들이 있으니 작년 씨앗에서 절로
난 푸성귀들이다. 바로 아욱과 들깨, 그리고
흔한 풀 민들레. 아욱잎과 깻잎을 대견해하
며 딴다. 민들레는 어딘가에서 날아온 토종 흰
민들레와 노란 서양민들레 하나씩을 뽑아내지 않고
그냥 두었더니 아주 소담하게 잎을 계속 내고 꽃을 피운
다. 민들레잎도 뜯는다. 알아서 절로 난 것들은 냉해도 안
입고 가뭄도 별로 안 타고 잘 자란다. 스스로 앞가림하는
그대들이 진짜 선생이오!
　텃밭 속사정은 이러한데, 봄은 무르익어 천지에 아까시
나무 꽃향기가 진동한다. 달고 그리운 그 향기에

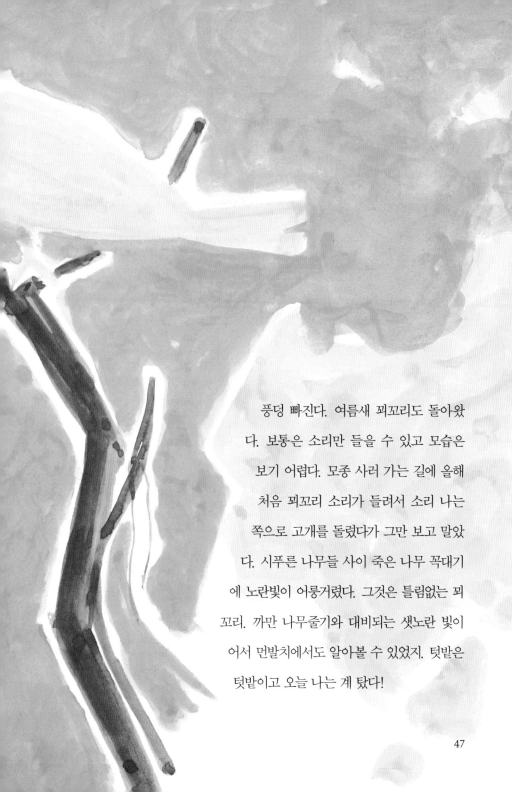

풍덩 빠진다. 여름새 꾀꼬리도 돌아왔
다. 보통은 소리만 들을 수 있고 모습은
보기 어렵다. 모종 사러 가는 길에 올해
처음 꾀꼬리 소리가 들려서 소리 나는
쪽으로 고개를 돌렸다가 그만 보고 말았
다. 시푸른 나무들 사이 죽은 나무 꼭대기
에 노란빛이 어룽거렸다. 그것은 틀림없는 꾀
꼬리. 까만 나무줄기와 대비되는 샛노란 빛이
어서 먼발치에서도 알아볼 수 있었지. 텃밭은
텃밭이고 오늘 나는 계 탔다!

어제저녁 다 잡았는데 오늘 아침 또 몰려와서 이제 막 자라나는 어
린 홍화에 새까맣게 달라붙어 있는 것은?

　나의 사랑 진딧물. 물론 이 말은 역설적인 표현이다. 워낙 작으
니 거인 인간의 눈에는 얘네들이 주둥이로 무언가를 쪽쪽 빨아먹
는 동작이 보이지 않는다. 그건 마이크로 코스모스의 세계로 훌쩍
더 들어가야 보이겠지. 내 눈엔 그저 잎과 줄기에 웬 성가신 꺼먼
녀석들이 붙어 있다는 정도. 가만히 있는 것 같은 이 녀석들을 그
대로 두면 얼마 안 가 홍화 줄기에 녹이 슨 것 같은 줄이 생채기처
럼 나고, 잎이 푹 꺾이고, 그러다 그만 본줄기가 아흔 살 할머니 허
리처럼 홱 하고 굽어버린다. 그다음에는 회생 불가, 그대로 죽는 거
다. 해사한 꽃도 못 피워보고.

진딧물을 잡는다. 깔따구같이 생긴 이 까만 진딧물에는 분명 투명한 날개가 한 쌍 달려 있는데 웬일인지 이 날개는 날기 위한 것은 아닌가 보다. 나는 꼴을 한 번도 못 봤다. 내 손동작이 그리 빠르지 않은데 그저 가만히 있다 꼼짝없이 붙들려 내 엄지와 검지의 협동 작전에 이내 아주 먼 곳으로 간다.

그동안 내 마음은 진딧물들에게 말해왔다. 죽음의 사자가 가고 있으니 어서 피하라고. 멀리 가서 돌아오지 말라고. 일단 눈에 띄면 어쩔 수 없다고. 애네들은 귓구녕으로도 안 듣고 그저 바글바글 대부대로 몰려와 떼죽음을 자초한다.

뭐 저 싱그러운 홍화의 피를 진딧물이 실컷 빨아먹고도 홍화만 어지간히 살아남아 준다면, 그래서 좀 부실해도 꽃도 피우고 열매도 맺고 한다면, 그니까 진딧물도 먹고 살고 홍화도 안 죽고 살아준다면 진딧물을 퇴치할 생각이 나는 없다. 눈곱만치도. 왜 그러냐면 쬐끄만 애네들 찾아내느라 이 거인의 눈알이 빠지는 것 같고 또 진딧물이 워낙 많기도 해서 잡는 데 시간이 많이 걸린다. 이런 생고생이 있을까.

게다가 진딧물 잡는다고 거대한 손구락을 들이밀 때 내 마음이 전혀 아무렇지도 않을 리는 없지 않은가 말이다. 얘들도 생명인데 하고 아주 잠깐 갈등한다, 이 말씀. 진딧물도 주어진 제 생명 보전하느라 할 일을 하는 것일 뿐인데.

진딧물들아. 마음은 어지간하면 너희를 그냥 두고 싶기도 하고,

또 마음은 너희를 잡지 않으면 안 된다 말하고, 나는 그 사이에 있구나. 갈등하는 내 마음과 달리 두 손구락은 좀 더 본능적이어서 보이는 족족 잡는다. 우야든동 아주 편치는 않아서 너희를 잡고 돌아와 잠 못 드는 척하는 밤이다. 너희는 지금 이 순간에도 다시 무리 지어 홍화에 몰려들고 있겠지? 너희도 달리 어찌할 수 없는 것이겠지?

아파트 단지 화단에 꿈결인 듯 감꽃이 떨어지는 봄밤이다. 불사조 진딧물들의 밤이 깊어간다.

작년에 홍화 진딧물을 처음 겪었다. 약을 칠 생각을 못하고 한 달 가까이 속수무책으로 홍화 앞에 쭈그려 앉아 진딧물을 잡았다. 지나고 보니 두 번 다시는 못할 일. 올해 홍화 진딧물 대첩을 앞두고 작년처럼 맨손으로 감당할 엄두가 나지 않아 이웃 텃밭 아저씨의 조언을 받들어 막걸리 천연 약을 만들어보았다. 막걸리 두 컵에 설탕 한 컵을 잘 섞어 세 시간 이상 두면 부글부글 거품이 생기면서 발효가 되고 이것을 200배 물을 타서 약으로 쓴다. 어제 오후에 마침내 막걸리 천연 약을 분무기와 물조리개를 써서 처음으로 홍화에 뿌려주었다.

막걸리 약의 효과를 기대할 수밖에 없는 마음이 되어 오늘 아침 홍화 앞에 앉아 살펴보았다. 결과는?

빵점. 진딧물 드글드글. 어째 이런 일이. 글쎄, 물을 너무 많이 탔나? 해가 쨍 나 있을 때 뿌리라 했는데 늦은 오후에 뿌려서 그런가? 일단 진딧물을 잡자. 이놈들, 하나도 놓치지 않겠어. 날이 환한데도 눈에 불을 켜고 샅샅이 색출한다. 사실 막상 진딧물이 안 보였다면 섭섭했을지도 몰라. 그렇지? 막걸리 약을 뿌린 사실이 무색하게 어제만큼이나 많은 진딧물. 홍화를 '점령'하신 진딧물. 멋쩍은 표정으로 이렇게 말해본다. 이야, 너희 정말 최선을 다해 열심히 사는구나. 그러고는 오른손 엄지와 검지가 금세 새까매지도록 소탕 작전에 몰입. 나도 어쩔 수 없잖니, 항변하며.

그리고 진딧물 잡고 있는 꼴을 보신 농장 사장님이 혀를 끌끌 차며 한마디 하시기를 "또 그러고 있어. 아니 그걸 일일이 잡고 있능가. 킬라 확 뿌려부러! 에이, 내가 몰래 뿌릴까 보다." 내가 "킬라…, 에프킬라요?" 여쭈니까 "응!" 그러자 곁에 있던 사모님이 킬라는 너무 독해서 홍화가 죽는다고 안 된다 하시고 사장님은 안 죽어, 이러고. 나는 유구무언.

우리 농장 사장님은 보통 때는 눈도 잘 못 마주치고 말씀도 통 없으신 분이 막걸리 한잔 들어가면 사뭇 다정해지시는데 내가 작년처럼 허구한 날 홍화 앞에 붙들려 앉아 진딧물 잡고 있는 것이 보기에도 퍽 답답했을 것이다. 그래도 아직은 나 몰래 우리 홍화에 '킬라'를 뿌리시진 않았다.

죽도록 비가 안 오는 텃밭에 먼저 물을 충분히 준 뒤, 반 남아 있는 막걸리 천연 약을 이번에는 물을 덜 타서 홍화에 준다. 구수한 막걸리 향이 퍼진다. 아유, 홍화 취할라. 혹시 어제 진딧물도 막걸리 냄새 맡고 더 몰려든 것 아님? 살충은커녕. 막걸리 천연 약은 영양제로 작물에 일부러 주기도 하니까. 글쎄, 진딧물과는 별개로 하루 새 홍화가 때깔이 좋아진 듯도 하고.

막걸리 약을 홍화에 분무기로 뿜뿜 주고 있는데 낯빛이 불콰해진 농장 사장님 말씀하신다. "막걸리 거기 주믄 안 되야. 막걸리 나 줘." 빙그레 내가 웃고, 홍화도 웃고, 아마 진딧물도 깔깔깔 웃지 않았을까?

세상에, 봄에서 초여름 되어 가도록 비가 오지 않고 있다. 이토록 오래 비다운 비가 한 번을 안 올 수 있을까.

메마른 텃밭을 보면 이러고도 우리가 계속 살 수 있을까, 하늘이 비를 내리지 않으면 꼼짝없이 죽을 수밖에 없겠구나, 하는 생각이 절로 든다. 하늘이 비를 갑자기 많이 내려도 죽고.

텃밭 농장 사장님도 당신이 겪은 것 중 이번 가뭄이 가장 길다 하신다. 참깨 어린순이 올라오다 말라버리고, 마늘도 가뭄 탓에 여태 '쫑'이 안 나왔다고요. 우리가 반찬 해 먹는 그 마늘쫑. 마늘의 꽃줄기인 마늘쫑을 뾰옹~ 하는 어여쁜 소리가 나게 뽑아주어야 마지막 영양분이 땅속 마늘로 가고 곧 수확을 하게 되는 것인데. 오늘도 농장 사장님은 물조리개를 양손에 들고 고랑 사이를 다니며

물 주느라 바쁘시다.

우리 텃밭도 기후변화를 고스란히 겪고 있다. 보통은 씨 뿌리고 보름이면 싹이 올라온다. 빠르면 열흘 만에도 고개를 내민다. 올해는 영 아니올시다. 당근, 고수, 바질이 씨 넣은 지 무려 한 달쯤이나 지나서야 싹이 올라왔는데 그것도 손에 꼽을 만큼씩, 한마디로 거의 전멸이다 싶게 몇 개씩만 간신히 올라왔다. 혹시 나중에라도 올라올까 싶어 그냥 두었더니 일부러 비워둔 땅 같다.

까탈스럽지 않은 상추나 쑥갓은 싹이 다 올라오기는 했는데 애네도 거의 한 달 가까이 되어서야 올라왔다. 가뭄과 냉해가 겹친 탓이다. 오이와 애호박 모종은 냉해로 시들시들 시들어 다 새로 심었다. 이런 난리는 처음이다. 이렇게 처음 겪는 일이 앞으로 계속 늘어나겠지. 가뭄을 구체적으로 겪으니 쌀이나 채소 씻은 물을 그냥 버리는 것도 너무나 아깝다. 내가 이러한데 생업이 농사인 농부들 심정은 어떨까. 텃밭과 함께하지 않았다면 나는 기후변화의 심각함을 잘난 머리로는 알아도 몸으로 실감하지는 못했을 것이다. 집에서는 언제나 수도에서 물이 펑펑 잘 나오니까. 아무리 가물다, 가물다 해도 당장 내 생활에 어떤 불편함도 없으니까. 비가 안 온다고? 일교차가 너무 크다고? 그래서 뭐?

싹이 올라오지 않은 자리에 다시 씨앗을 심는다. 어라, 빗방울이 떨어진다. 어디 얼마나 오시는지 봅시다. 텃밭에 늘 청소년 아들과 함

께 오는 저쪽 텃밭 엄마가 먼저 귀가하며 비 오니까 얼른 들어가라
고 나에게 말한다. 네! 라고 답은 했으나 본심은 달랐으니, 이 반가
운 비를 같이 맞아야지, 가긴 어딜 가요, 라고 말하고 싶었지. 아직
깨어나지 못한 씨앗들과 또 새로 뿌리는 씨앗들과 함께 한마음이
되어 이 밭에서 빗방울을 한 개도 놓치지 않고 맞을 테야, 하고.

근데 어째 먹구름이 시커멓게 몰려오지도 않고 비 냄새도 별로
안 나는 것이 또 오는 둥 마는 둥 흐지부지되고 말 것 같다. 빗방울
이 손가락으로 셀 수 있을 만큼 흩날리는 중에 자전거를 부앙~ 몰
고 귀가한다.

간밤에 단비가 내렸으니 아침 밭이 궁금하다. 자전거를 타고 바람을 가르며 한걸음에 달려간다. 이야~ 싱그러운 상추, 쑥갓, 청갓과 적갓, 루꼴라, 아욱, 들깨, 얼룩강낭콩, 감자꽃, 홍화, 아주까리, 그리고 이제 길이 든 고구마순까지 방글방글 웃고 있다. 반짝이는 얼굴들.

오이와 애호박 모종에는 거름이 더 필요하다. 텃밭 농장에서 흔히 쓰는 가축 똥 발효 퇴비를 뿌려주는데, 오늘은 다른 곳에 좀 가려고 한다. 행선지는 동네 숲. 부엽토를 조금 긁어다 거름기 약한 우리 밭 생흙에 섞어주고 모종에 덧거름도 해주자. 평소 안면이 있는 숲의 주인에게 먼저 허락을 얻는다.

숲 안쪽으로 들어가 가랑잎이 우북하게 쌓인 참나무 아래를 살

핀다. 면장갑을 끼고 여러 겹으로 쌓인 가랑잎을 걷어낸다. 구수하게 썩어 검은 흙이 되어가는 나뭇잎. 모종삽으로 고슬고슬 성긴 흙을 살살 긁어모은다. 푸석푸석 삭은 나뭇잎에서 나는 맛있는 흙냄새. 큼큼 코에도 대본다.

숲에 들어와 부엽토를 파서 봉지에 담고 있자니 나무들이 세찬 바람에 온몸 흔들어제끼고, 장끼도 가까이에서 꿩! 꿩! 목청 높여 울고. 조금만 가져갈게.

하나도 무겁지 않은 부엽토 자루를 자전거에 싣고 곧장 텃밭으로 와서 어린 작물들 주위에 거름을 둥그렇게 둘러놓는다. 호미로 북을 돋우고 호스로 부드럽게 물을 분사해 뿌려준다.

한 가지 일을 했을 뿐인데, 열 일을 한 것 같다. 기쁨이 뭉게뭉게 솟는다.

양
파
가
누
웠
다

●

5
월
27
일

옴마, 얘네들 좀 봐. 이웃 텃밭에 양파가 쓰러졌다. 정확히는 양파 줄기다. 꼿꼿이 서 있던 양파 줄기가 스스로 눕기 시작하면 양파 속이 거의 다 찼다는 뜻이다. 수확할 때가 가까워진 것이다. 누운 줄기가 누렇게 마르면 캐내면 된다. 이미 땅 밖으로 반 가까이 올라온 양파를 줄기째 쑥쑥 뽑아 들면 되겠지.

마치 누가 일부러 쓰러뜨리기라도 한 것처럼 일제히 눕기 시작한 푸른 양파 줄기를 본다. 따로 가르쳐주지 않아도 때를 알고 행동한다. 자, 이제 눕자! 하고.

어쩌면 양파도 식물이자 동물인 것은 아닐까. 귀를 대보면 크흐 크흐 하고 매콤한 숨소리가 들릴지도 모르지.

푸른 양파 줄기들 넘어져 있는 천연덕스러운 풍경. 이 재미난 장면에 대해 뭐라고 자꾸 더 말하고 싶어진다. 양파가 드러누웠다. 양파가 고꾸라졌다. 자빠졌다. 널브러졌다. 곤드레만드레. 아흐.

　가을에 심어 이듬해 오뉴월에 수확하는 양파. 추운 겨울을 묵묵히 건너온 대단한 작물. 지금 아주 편안해 보인다. 긴 시간 동안 꼿꼿하게 서 있느라 고단했을 테니.

남의 텃밭 양파야, 사랑한다.

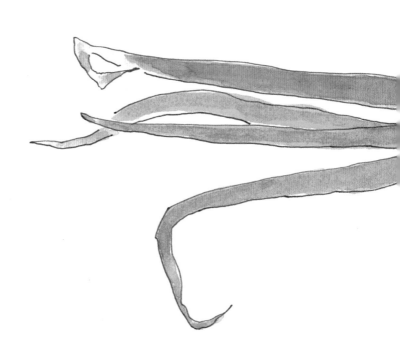

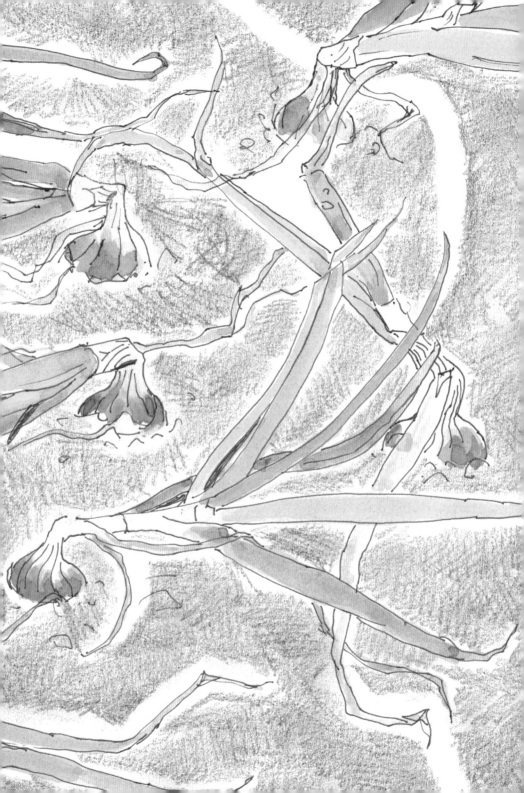

따고 캐고 나누고
요상한 날씨에도 작물은 자라고

왜 찻길로 나 왔어

• 6월 3일

텃밭에 가다가 끼익 자전거를 멈춘다.

조그만 아기 꽃뱀.

찻길 가장자리 길바닥에 있다.

로드킬 당한 지 꽤 지났는지 종잇장처럼 납작하고 바싹 말랐다.
그런데도 아기 뱀인 태가 그대로 있다.

터진 옆구리에는 보풀이 인다.

무게감이 없어 차가 지나가며 일으키는 잔바람에도 이리저리 밀
린다.

인석아, 왜 찻길로 나왔어. 풀섶에 그냥 있지 않고.

오래전 이 일대가 신도시로 개발되기 전에는

이 찻길도 너희가 늘 다니는 길이었겠지.

미안하다는 말도 못 하겠다.

여기 우리 동네 외곽에 또

신도시 개발한단다.

아니 벌써 영롱한 아침 이슬이 온데간데없을라고? 아니 되오. 아침
이슬 보고파서 모처럼 일찍 행차했단 말이오. 아침 이슬은 꼼짝 말
고 기다려주시오. 일곱 시, 아침, 텃밭.

　오늘은 식구들 모임이 있어 잎채소를 싱싱할 때 듬뿍 수확하여
나누려고 한다. 아침 이슬을 본다. 잎마다 맺혀 있는 하느님의 물
방울. 반짝이는 보석 맞네. 지독한 가뭄에도 작물들이 버티는 건
해 지고 난 뒤부터 맺히는 이슬의 공도 크리라. 아침 이슬을 달고
있는 손바닥만 하고 아가 얼굴만 한 아욱이며 상추, 쑥갓, 루꼴라,
적갓, 청갓, 깻잎 들을 따고 뜯고 솎는다.

　상추 뜯을 때 나는 소리, 갓 뜯을 때 나는 소리, 루꼴라 뜯을 때
나는 소리, 깻잎 뜯을 때 나는 소리 들은 설명할 순 없지만 조금씩

다 다르다. 채소 잎이 어미 몸에서 떨어지며 으악 하고 내지르는 짧고 푸른 비명. 아침 이슬 머금은 잎을 한 잎 또 한 잎 똑 똑 딸 때마다 나는 오직 지금 이 순간을 살고 있는 존재라는 걸 새로 배운다. 해 뜬 지 한참 지난 일곱 시에만 나와도 이 호사를 누릴 수 있다. 두 시간쯤 걸려 다 수확하고 나니 초여름을 품은 봉다리 네 개가 꽉 찬다.

보면, 작년 씨앗에서 절로 난 아욱과 깻잎이 단연 힘이 좋다. 거칠고 활력이 넘치고 두려움이 없다. 이 아욱으로 말할 것 같으면, 작년 토종 아욱 하나를 다 자라 관목만 하게 우거지도록 그대로 두었더니 그 아욱 '나무'에서 떨어진 씨앗들이 봄이 오는 낌새를 채고는 사방에서 불쑥불쑥 절로 올라온 것이다. 텃밭 농장 사장님이 농장을 연 이래 처음 겪는다는 이번 가뭄조차 견디어 이기는 토종 씨앗의 생명력이랄까. 생생한 야생을 텃밭에서 마주한다. 봄에 심고 뿌린 뒤, 싹이 트고도 쭈뼛쭈뼛 옳게 자라지 못하고 있는 약골 푸성귀들 사이에서 자, 자, 힘냅시다, 자극하는 야생.

귀가하여 방바닥에 신문지를 넓게 펼치고 푸성귀를 한데 모으니 태산이 따로 없다. 유월 초여름 텃밭이 통째로 옮겨져 왔다. 나는 무려 태산을 옮긴 자者. 이 싱그러운 산에 작고 여린 지킴이가 계셨으니 청갓잎에 딸려 온 달팽이. 혼자가 아니시다. 또 기어 나온다. 고물고물 오동통한 잿빛 애벌레, 날씬한 노린재, 무당벌레 애벌레… 아직 안 나오신 분들, 걱정 말고 다들 나오세요. 해하지 않으리다. 이 거인의 집 바깥으로, 원래 있던 곳과 비스름한 곳으로 무사히 보내드립니다.

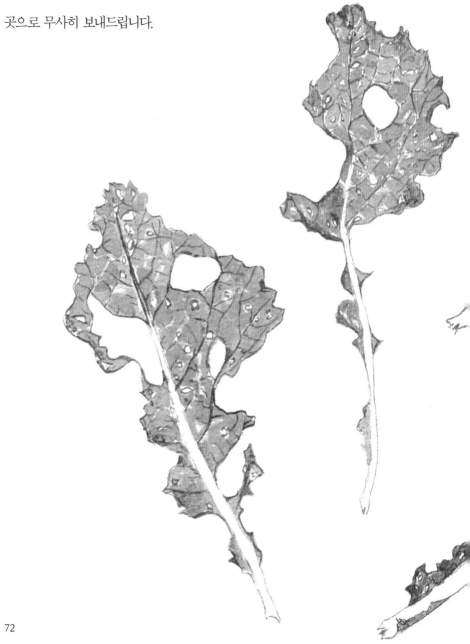

애벌레가 신나게
갉아 먹은
적갓잎들,
아직도 먹을 게 한참
남았다!

구멍이 뿡뿡 뚫리고 잎이 반 넘게 사라지고 없는 적갓 드로잉 옆에 같이 그려줄 범인을 색출하러 또 밭에 갔다. 범인이 부디 계셔주기를. 적갓잎의 앞뒤를 찬찬히 살피는데 고물고물 보드라운 애벌레는 어째 통 보이지 않는다. 어딘가에 집 짓고 죽은 듯이 있다가 곧 성충으로 탈바꿈하는 시기여서 안 보이나 했더니, 애벌레가 눈 똥 알들이 보인다! 이제 범인 찾기는 식은 죽 먹기. 풀빛 보호색을 했어도 이 인간 매의 눈에 금세 들키는 애벌레 한 마리. 제가 눈 똥 가까이에 아직 갉아 먹지 않은, 앞으로의 식사가 될 잎의 맥을 따라 세로로 길게 온몸을 쭈욱 늘여서 일자로 붙어 있다. 쉬고 계심이 틀림없다. 주위에는 갓 눈 촉촉한 똥알들이 주렁주렁. 그러니까 잘 드시고 주무시는 중이다. 평화롭기 그지없다. 먹고 싸고 자고, 먹고 싸고 자고. 보랏빛 도는 적갓 왕국에서 최상의 태평성대를 구가 중인 애벌레 왕. 나중에 무엇으로 변신할지 궁금하니더!

자고 있지 않을 때, 먹이 활동 중일 때 애벌레는 인기척을 느끼면 잎에서 톡 떨어져 긴 몸을 동그랗게 만다. 나 죽었어요, 하고 애교스럽게 죽은 척한다. 오늘의 주인공 녀석은 꿀잠 자느라 거인 천적이 온 줄도 까맣게 모르고 있다.

뭐, 그리기만 할게.

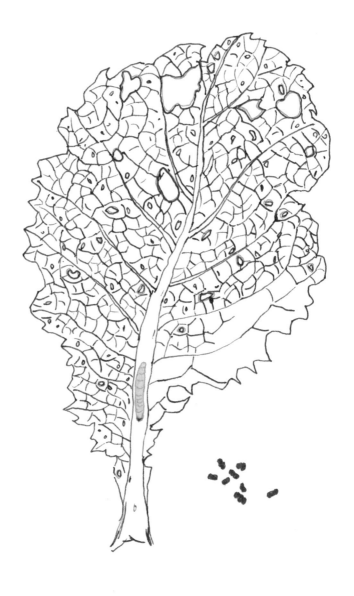

적갓잎에서
잘 먹고 잘 싸고
쿨쿨 자고 있는
애벌레 인간

반가운 보리!
행신동,

얼마 만인지 모르겠다. 아침에 조금 열어둔 창문 밖으로 어떤 기척
이 느껴지는데 뭔가 커다랗고 부드럽고 촉촉하고 뭉클하고 반가운
것. 말할 수 없이 기쁜 것. 하염없이 고마운 것.

　비가 오고 있었다. 한두 번 속은 것이 아니어서 마음을 비웠는
데. 그동안 비 예보가 몇 차례나 있었지만 차라리 안 오느니만 못
하다 싶을 정도로 찔끔찔끔 오는 둥 마는 둥 해서 오매불망 비만
기다리는 농부 가슴에 염장을 질러대더니.

　비. 인공지능 시대에도 이제 오나 저제 오나 기다리고 기다리고
또 기다리는 것밖에 달리 뾰족한 수가 없는 절대적인 존재. 더 악
화된 기후변화의 실상을 작다란 텃밭에서 생생하고도 생경하게 목
격해 오던 중이었다. 이것은 앞으로도 계속되겠지만 오늘은 참으로

오랜만에 제법 살진 통통한 비가 빗소리도 은근 시원하게 대지를 적셨다. 딱딱하고 건조한 아파트 단지도 폭 젖었다. 비가 온다, 비가 온다. 어서 텃밭에 나가봐야지. 비 맞으러 나가자, 비 맞이하러 나가자.

그동안 텃밭 농사꾼들은 물 주느라 바빴다. 씨를 뿌리고 모종을 심었는데 하늘에선 아무 소식이 없으니 허구한 날 물 주는 게 가장 중요한 일이었다.

어떤 온전함이 비 그친 텃밭에 그득하다. 인간의 노력만으로는 결코 이룰 수 없는 세계. 작물들이 귀태가 난다. 만물이 싱그럽게 저마다 제 얼굴로 피어난다. 나비들 짝 지어 날고 오이꽃에 벌이 어룽대는 것도 처음 본다. 애호박 그물망 지지대 뒤편에 나란히 서 있는 옥수수 병정들은 부드러운 칼날 같은 잎들이 군무를 추는 듯하다. 다디단 단비 받아 마시고 작물들이 한껏 뽐내고 있다. 누구에게 보여주기 위해서가 아니라 스스로 기뻐서 우쭐우쭐.

하늘에서 내리는 비 한 줄기는 이렇게 차원이 다른 것이구나. 비가 온다는 건 비로소 온전해지는 것이구나.

양산모자모녀
● 6월 8일

농막 옆 다래나무 그늘 아래 평상에서 지인들과 막걸리 담소 나누고 퇴청하는 농장 사장님이 나에게 "우리 농장 잘 지켜요~" 하고 나는 "예~" 대답하는 저녁 무렵. 땅바닥에서 벌 하나가 배를 하늘로 향하고 다리를 부비며 몸부림을 한다. 벌써 할 일을 다 마쳤니? 아니면 어디 아프니? 벌 보기가 별 보기만큼이나 어렵다. 작년 이맘때보다 벌이 눈에 띄지 않는다. 벌이 자꾸 줄고 있다는 소식이야 이미 오래된 이야기. 벌 하나하나가 예사롭게 보이지 않는다.

홍화는 이제 청년이 다 되었다. 가시도 단단해지는 중이라 찔리면 따끔하다. 좀 더 지나면 이 가시는 찔렸다가는 아야! 하고 비명을 내지르고 찔린 자리엔 봉긋하니 핏방울이 맺히기도 할 만큼 같잖은 무기가 된다. 줄기가 꼿꼿하면서도 낭창낭창한 홍화에 이제는 진딧물이 안 꼬이려나? 천만에 만만에 말씀. 오늘은 166마리. 그걸 일일이 어찌 세나 싶지만 진딧물에 오롯이 집중하다 보면 "1, 2, 3…" 하고 세는 것쯤이야 별일 아니다. 다만 소리 내어 세어야 한다. 속으로 셈을 하면 어느 순간 놓친다. 수를 세다 중간에 놓치면 아깝다. 다시 셀 수도 없고. 어느 날은 헷갈려서 126에서 157로 건너뛰기도 했다. 시시껄렁한 이 숫자 놀이는 흥미진진하면서도 단조로운 진딧물 대첩의 추임새 같은 것.

어라, 진딧물도 여무는지 통통해졌다. 그래 봤자 크기는 별 차이 없는데, 다만 다가오는 거대한 인기척을 느끼고는 고 작다란, 무게감이라고는 1도 없는 몸을 움찔 움직이며 살기 위해 피하려는 몸짓을 하는 것이다. 순간 내 마음에 아주 미세한 감동이랄까 파동 같은 게 일지만 죽음의 사자는 단호한 법.

모녀로 보이는 두 사람이 총총 우리 밭을 스쳐 지나간다. 아, 그런데 두 모녀, 웬 양산을 머리에 척 쓰는 게 아닌가. 해가림용 작다란 양산 모자라니. 지금은 해 다 지고 농장 전체가 그늘져서 저 단박에 시선을 끄는 재미난 모자를 굳이 안 써도 되는데. 아무래도 내 생각에 두 사람은 저 모자를 쓰고 싶어서 밭에 나온 것 같다. 나 같은 관객의 시선도 사로잡고 말이야. 그런 게 아니고서야 머리에 솔찬히 무겁고 거추장스러워 보이는 저 양산 모자를 굳이 이 저녁에 펼쳐 쓸 일인가.

사랑스러운 양산 모자 둘이 마주 앉아 푸성귀를 수확하는 저녁
이다.

우리 동네 외곽에는 아직도 야생에 가까운 뽕나무가 꽤 있다. 어린 뽕잎을 나물로 먹기도 하지만, 뽕나무 하면 아무래도 오디다. 오디는 뽕나무 열매. 까맣게 잘 익은 오디는 물이 많고 아주 달며 많이 먹어도 탈이 안 난다. 어렸을 때 오디 따 먹으러 동무들과 수녀원 농장으로 몰래 숨어들던 기억, 가깝게는 홍성 갓골 논에 손 모내기하러 한동안 다닐 적에 갈 때마다 논 주위 뽕나무에 새까맣게 익은 오디가 지천으로 달려 있어서 모 심다 말고 따 먹고 쉬는 시간에 또 따 먹고 했던 기억이 있다.

올해 내가 새롭게 발견한 뽕나무 두 그루는 흙길 옆 밭가에 서 있었다. 수형이며 잎이나 오디 크기가 야생 산뽕나무다. 밭에서 일하고 있던 밭 주인은 뽕나무를 언제 누가 심은 것인지, 혹시 절로 생겨난 것은 아닌지 여부를 전혀 알지 못하고, 조랑조랑 달려 있는 오디에도 별 관심이 없다. 따 먹어도 된다고, 근데 잘아서 뭐 먹잘 게 있겠냐고 두어 마디 했을 뿐.

　공식 허가를 받은 나는 텃밭에 다녀올 때면 가끔 자전거 핸들을 그 뽕나무가 있는 쪽으로 돌린다. 나무는 이발한 적 없는 키다리 아저씨처럼 기다리고 있다. 자전거를 세우고 뽕나무를 한번 지긋이 바라본 뒤 다가간다. 빨간 것은 아직 한참 덜 익은 것이고 새까만 것이 다 익은 것. 잘 익은 오디는 손에 닿는 순간 꼭지가 톡 하고 떨어져서 딴다는 느낌도 안 난다. 익으면 미련 없이 가지에서 떨어지는 탓에 뽕나무 아래 땅바닥은 종종 오디로 까맣게 뒤덮여 있다. 아까워라. 나는 그중 먼지가 안 묻고 성한 것을 주워 먹는다.

　오디 따 먹을 때는 손이 바쁘고 입도 바쁘고 마음도 덩달아 바쁘다. 고요히 집중한다. 한 알씩 먹기는 감질나고 한 움큼쯤 되었을 때 한입에 털어 넣는다. 오디는 물이 많아서 먹다 보면 금세 손에 물이 든다. 방심했다간 입 주위도 볼만하게 얼룩덜룩해진다.

　오늘도 손이 난리 난 것처럼 얼룩이 졌다. 훈장이랄까. 누가 따로 돌보지 않는 길가의 뽕나무는 병충해를 곧잘 입는다. 오디 따 먹을 때면 나무에서 실밥 같은 허연 가루가 우수수 떨어지기도 하는데 이 가루 같은 것은 하나하나가 아주 작은 벌레다. 성가시다. 잽싸게 살피지 않으면 벌레가 알을 촘촘히 슬어놓은 오디를 먹을 수도 있다!

세상에 먹을 것 천지라 거들떠보는 이 없는 심심한 야생 오디를 이제 됐다 싶을 만큼 어지간히 따 먹고 나서야 문득 손을 멈춘다. 날이 어둑해지려고 한다. 오늘은 텃밭에만 잠시 들렀다 금방 귀가할 줄 알았더니 자연이 나를 불러 함께 노느라 또 늦었다. 주둥이와 오른손이 검보랏빛으로 물든 어른아이 뒤통수에 대고 뻐꾹새가 뭐라 뭐라 노래한다.

산뽕나무는 두 그루가 나란히 있다. 왼쪽 나무는 오디 알이 너무 작아서 먹잘 게 없고, 오른쪽 나무가 나의 뽕나무. 가지치기를 하지 않으니 낭창낭창한 가지를 멋대로 뻗었다.

세상이 외면하는 열매가 또 있다. 도시 가로수로 아주 흔한 벚나무 열매, 버찌다. 사람들, 벚꽃에 황홀해할 줄은 알아도 쌉쓰름하니 달곰한 버찌 맛은 알지 못하고 궁금해하지도 않는다. 그거 뭐 먹을 게 있나, 아니 그게 먹는 것이기는 했나? 하는 태도. 맞다. 하긴, 워낙 잘기도 하고.

어쩌다 나는 버찌를 밝히게 되었을까. 까만 열매엔 몸에 좋은 안토시아닌 성분이 많고, 작지만 버찌도 좋은 열매라고, 남녘의 선배가 일러주긴 했다. 그렇지만 뭔 안토시아닌이니 몸에 좋다느니 하는 이유 때문이 아니라 한번 맛본 독특하게 쌉싸름한 맛이 재미있어서 몇 번 먹다 보니 그리 되었다.

그런데 가로수 열매를 따는 행위는 법으로도 금하고 있고, 차가

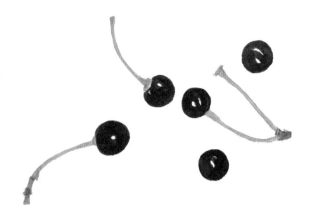

많이 다니는 큰 도로가의 버찌는 중금속투성이일 테니 먹지 않는 것이 좋겠지. 우리 텃밭 농장 옆길은 한적한 샛길이라 그 길가의 버찌는 괜찮으려니 한다. 텃밭을 오갈 때 바닥을 살펴 다 익어 우수수 떨어진, 깜찍하기 짝이 없는 버찌를 한 알 한 알 눈 맞추며 줍는다.

잘 익고 탱글탱글한 것은 흐르는 물에 헹구어 먹는다. 오디처럼 한 움큼씩 입에 털어 넣고는 입안에서 둥글고 단단한 씨앗을 골라내며 쌉쌀한 맛의 소박한 향연을 즐긴다. 충분한 적은 거의 없어서 늘 아쉬움이 남지만 이 모자람이 좋다. 너무 잘 익어 물크러진 것으로는 그림을 그리기도 한다. 버찌는 점성이 괜찮다. 버찌를 엄지와 검지 사이에 쥐고 종이에 칠하면 살이 으깨지며 잘 칠해진다. 눅진눅진하다.

2020년 6월엔 6·10 민주항쟁 33주기를 맞아 경찰청장이 고故 이한
열 열사의 어머니 배은심 씨를 만나 나라를 대표하여 처음으로 고
개를 숙여 사과했다. 일간지 1면을 일제히 장식한 그 모습을 펜으
로 그리고는, 그날 텃밭을 다녀오다 주워 온 버찌로 두 사람 사이
의 여백을 칠했다. 33년 만의 사과. 1미터도 안 되는 두 사람 사이
의 거리가 거대한 심연처럼 느껴졌다.

새벽 소나기 소리에 잠에서 깼다. 빗소리가 더할 수 없이 시원했다. 그것은 잠결에도 어떤 시처럼 들렸다. 우리를 구원할!

　사흘 만에 밭에 나가니 홍화꽃 세 개가 피어 있다. 첫 꽃이다. 이제 서로 앞다투어 피어나겠구나. 홍화꽃은 하나도 좋지만 여럿이 함께 피어 있는 모습이 더 좋다. 잇꽃이라고도 하는 홍화꽃은 염색이나 물감 재료로도 쓰고 차를 만들어 마시기도 한다. 우리 홍화는 이런 실용적인 목적을 다 비껴서 순전히 꽃을 보려고 키운다. 심는 양이 얼마 안 되다 보니 그렇게 되었다. 대신, 일부러 텃밭 농장 길 쪽에 심어 다른 사람들도 볼 수 있게 한다. 그러면 다른 텃밭 농부들이 지나가며 묻는다. 어린순 났을 때는, 이게 뭐예요? 쭈그리고 앉아 진딧물 잡고 있을 때는, 뭐하는 거예요? 꽃이 피어나면,

93

와~ 곱다! 홍화꽃을 처음 본다는 사람도 있다.

우리도 처음엔 어린 홍화 순을 솎아 시금치나물처럼 무쳐 먹기도 하고 홍화씨를 볶아서 차로 마시기도 했다. 지금은 홍화꽃이 피어나면 보름쯤 실컷 배불리 보다가 꽃이 시들기 전 길쭉길쭉 줄기째 다 수확하여 커다랗게 꽃다발을 만들어 선물도 하고 그대로 드라이플라워로 만들어 일 년 내내 곁에 둔다. 홍화꽃은 가시를 달고 있는 꽃이 마른 상태로도 씩씩하니 보기에 좋다. 그중 일부는 이듬해 봄에 채종해 씨를 텃밭에 다시 뿌린다. 꽃을 보겠다고 내년에도 또 막걸리 천연 약을 만들어 뿌리며 진딧물과 한판 대결을 할지 말지는 그때 생각하기로 한다.

홍화 말고도 온갖 꽃이 피었다. 고수와 루꼴라는 잎을 몇 번 따지도 못했는데 꽃이 피어버렸다. 일찍 핀 꽃에 벌이 잉잉댄다. 어떤 녀석은 깜찍도 해라, 양쪽 발에 샛노란 화분 다발을 매달고 있다.

마치 내가 씨 뿌려 가꾼 것처럼 한곳에 군락을 이루고 소담히 자라난 비름나물도 뜯는다. 절로 난 것들이다. 잘 모르면 잡초로 알고 뽑아버리기 쉽다. 비름나물은 곁순에서 새순이 계속 자라기 때문에 오랫동안 나물로 먹을 수 있는 맛있는 풀이다.

참새 하나가 오이 넝쿨 쪽으로 날아 앉더니 잠시 안 보이다가 다시 날아올랐다. 점심거리를 사냥했을까? 성공했을까? 집으로 오는데 뻐꾹새가 운다. 뻐꾹새는 아침에도 울고 저녁에도 울고 낮에도 운다. 곁도 주는 편이어서 소리 나는 쪽을 보면 가까운 전봇대 위에서 울고 있기도 한다. 소박한 숲만 있으면 아파트 단지 일색인 도시 가까이에도 날아와 노래하는 반가운 여름새. 언제 들어도 좋은 뻐꾹새 소리를 좀 더 들으려고 길가 나무의자에 한참 앉아 있다 돌아온다.

문제는 오후에 다시 내린 비. 어, 또 오네, 하며 반기는데 이것은 그냥 소나기가 아니라 폭우에 가깝다. 반가움이 이내 걱정으로 바뀐다. 비가 알맞게 내려주면 좀 좋을까. 내내 안 오다가 올 때는 위협하듯 무섭게 온다. 동네 숲 경사진 오솔길들이 고속도로를 뚫은 것처럼 맨바닥이 드러났다. 재해 현장 같다. 갑작스러운 빗물 폭탄이 거친 물줄기를 이루어 두텁게 쌓인 가랑잎을 양옆으로 밀어제치며 흘러내려 갔다. 텃밭은 괜찮을까?

올해 첫 나눔 상자

● 6월 17일

6월엔 상추나 쑥갓 같은 잎채소는 쇠어가고 열매채소가 제철을 향한다. 며칠 전 오이 첫물을 따서 잘 나누어 먹었다. 애호박도 원래는 이때쯤 한창 달리기 시작하는데, 올해는 냉해로 뒤늦게 새로 심은 애호박 모종이 종류도 엉뚱한 모종일뿐더러 종자에 문제가 있었는지 호박이 맺힌 지 얼마 안 되어 맥없이 떨어져 버린다. 줄기만 줄기차게 뻗는다. 시푸른 넝쿨 그늘 속에서 보물 애호박을 찾아내어 따고 나누어 먹는 재미가 작지 않은데 올해 처음으로 그렇게 하지 못할 수도 있게 생겼다.

애호박 사정이야 그러건 말건 드디어 피었다. 태양이 풀밭에 내려앉은 것 같은 강렬한 다홍빛의 꽃양귀비. 먼발치서도 눈에 잘 띄어서 지나가는 이들의 탄성을 부른다. 벌도 문전성시를 이룬다. 새

96

빨간 꽃 속으로 벌 하나 날아드는데, 벌이 들어가는 순간 안쪽 꽃 잎 두 장이 착 접히더니 벌과 꽃 속을 감춘다. 벌이 날아드는 힘으로 그리되는 것일까? 잠시 후 꽃잎이 다시 열려 벌이 보이는데 이 녀석, 얌전히 꿀을 빨고 있는 게 아니라 막 뒹굴고 심지어 애앵 앵 앵 하는 애교 넘치는 소리까지 질러대는 게 아닌가! 엄마 품에서 마음껏 노니는 아이처럼, 연인의 품에서 행복해하는 사람처럼. 옴 마, 꽃양귀비와 벌, 얼레리꼴레리다.

작물 자라는 것이 하루가 다르다. 웬걸, 아침과 저녁이 다르다. 작물을 보고 그리려고 한 번씩 그림 도구를 챙겨 들고 가기도 하지 만 텃밭에 도착하는 순간 할 일이 많아 그림 따위 생각할 겨를이 없다. 이것저것 따고 뜯고 솎고, 벌이 꽃에서 노는 것 무료 관람 하 고, 꾀꼬리, 뻐꾸기 소리 듣고 밤꽃 향기 들이마시고, 커다랗고 맛 은 없어 보이는 옥수수 잎사귀를 냠냠 갉아 먹는 녀석은 대체 누 구일까 추리에 빠지고 하다 보면 시간이 금방 지나가 버린다.

오늘은 아욱이 아주 풍성하다. 식구들과 나누어도 넘친다. 작년에 이어 올해 첫 나눔 상자를 개시하기로 한다.

아파트 경비실 앞에는 늘 의자가 하나 놓여 있다. 나이 지긋하 신 할머니 할아버지 입주민 분들이 종종 쉬어가는 자리. 그 의자가 비어 있을 때 나눔 상자를 얼른 갖다 놓는다. 얼굴은 모르지만 같 은 동에 텃밭을 일구는 분이 이렇게 하는 것을 보고 따라 하기 시

작했다. 오늘은 아욱 두 봉지를 택배 상자에 담아 올려놓고 메모도
붙였다.

오늘은 24절기 중 낮이 가장 길다는 하지夏至다. 장마 오기 전 감자를 캐는 때이기도 해서 이 무렵 캐는 감자를 하지감자라고 한다. 우리 밭 감자는? 안 캔다. 아니 못 캔다. 더 느긋이 기다려야 한다. 감자 캘 때가 되면 땅 위의 잎줄기들이 마르며 밤빛으로 꼬시라지고 옆으로 눕는데, 우리 감자 잎줄기들은 여전히 꼿꼿하고 푸르다. 늦게 심은 데다 봄에서 여름에 이르도록 가뭄이 너무 심했다.

오늘 낮 기온은 32도. 한여름이다. 언제부턴가 밭에 가는 시간은 아침이나 저녁이 되었다. 이제 밭일하기에 낮은 너무 뜨겁다. 낮에는 상추 같은 푸성귀도 시든 것처럼 풀이 죽는다. 이슬 내리는 저녁과 아침에 다시 싱싱하게 살아나니 그때 수확해야 좋다. 요즘은 적어도 이틀에 한 번은 밭에 가야 한다. 안 그랬다간 우리 다 익었다, 어서 따 가라고 작물들이 난리가 난다. 정글이 된다.

　저녁 무렵 밭에 왔다. 절로 난 비름나물 뜯고, 보호색 푸른 애벌레 곰실거리는 청갓잎 따고, 오이 두 개 따고, 절로 난 아욱잎, 씨 뿌려 난 아욱잎 따고. 깻잎은 절로 난 것들이라 그런지 향도 더 짙구나. 오늘은 깻잎과 청갓, 적갓을 나눔 상자에 내놓을 수 있겠다. 농막 앞 자귀나무도 꽃 피었네요?

돌아오는 길에 자전거 핸들을 집이 아닌 다른 쪽으로 튼다. 오랜만에 숲에 드니 날것들이 얼굴에 막 부딪힌다. 저녁부터는 자기들 활동 시간인데 인간이 왜 이제 오고 그래요? 따지는 것 같다. 맞다, 내 잘못이야. 조금만 걷고 얼른 나갈게.

　그 뽕나무에 들르지 않을 수 없다. 키다리 아저씨는 말없이 나를 반긴다. 금세 또 오른손이 피범벅 아니 오디 물 범벅이 된다. 또 하마터면 벌레 알이 잔뜩 슬어 있는 오디를 먹을 뻔했다. 뭐 이미 잡쳤는지도 모르지. 그렇다면 정말 미안합니다.

　저녁에도 후텁지근하다. 땀으로 끈적해진 목덜미로 날것들이 달려든다. 모기도 온다. 귓가에 위잉~ 하는 모기 소리는 얼마나 위협적인가. 바로 줄행랑이다.

　큰길로 나가기 전 꾸지뽕나무가 있는 농장 앞길을 뭐가 휙 하고 가로질러 지나갔다. 자전거를 멈추고 1, 2초 만에 풀섶으로 사라진 녀석의 정체를 가늠해 본다. 온몸 누런빛에 꼬리털이 부얼부얼한,

새끼 고양이만 한 크기의, 고양이는 아닌 녀석은… 많지만 직접 보기는 힘든 족제비가 틀림없으렷다! 마주 걸어오던 이에게 방금 뭐지나간 거 보았는지 물었더니 보았고, 고양이는 아니라고 한다. 내가 족제비 같다고 하자 그 사람의 입꼬리가 올라가고 우리 둘은 잠시 멍하니 족제비가 사라진 풀섶 쪽을 함께 바라본다.

더 좋은 곳들 놔두고 하필이면 경기도 고양시 행신동 변두리에 살고 있는 족제비야, 어여쁜 족제비야, 저녁거리 사냥 나오다가 우리에게 들켜주었니?

아직도 가슴이 뛴다.

깻잎을 그리니 깻잎이
새로 태어난다. 찬란한
깻잎. 해를 품은.

잎맥의 무늬는 등고선
같아서 그리는 동안
내가 등고선을 따라
산을 오르락내리락
하는 것 같았다.

여름,

장마 시작

비 예보에 애호박 모종을 아침 일찍 심기로 했다. 무려 세 번째 다시 심는 애호박 모종이시다. 처음은 냉해를 입어서, 두 번째는 종자에 문제가 있었는지 아기 호박이 맺히고 얼마 안 되어 떨어져 버리는 바람에. 모종은 작은언니가 단골 씨앗 가게에서 사서 내게 건네주는데 늘 주문한 것보다 많다. 애호박 모종 다섯 개를 주문했거늘 두 개나 많은 일곱 개, 예정에 없던 생강 모종 다섯 개, 역시 예정에 없던 부추 모종 한 판까지! 물릴 수도 없으니 빈 땅을 찾아 꾸역꾸역 심을 수밖에.

열심히 모종을 심고 있는데 비가 오기 시작한다. 처음엔 어서 오이소, 기분 좋게 맞으며 계속 심다가 갑자기 빗줄기가 때리는 듯이 세져서 마지못해 농막으로 피한다.

우두커니 비를 바라본다. 시원시원 내리는 빗소리는 가슴을 뻥 뚫어주고 동시에 걱정도 데려온다. 봄부터, 아니 사실은 지난겨울부터 불과 얼마 전까지 길게 이어진 가뭄 끝에 내리는 이 장맛비가 혹시 물폭탄이 될까 봐. 반가워하자마자 물난리 날까 봐.

곧 빗줄기가 가늘어져서 비옷을 입고 모종을 마저 심는다. 애호박 모종 심을 때 흙에서 땅강아지가 나왔다. 오랜만에 본다. 어린 녀석이다. 처음 땅 위로 나온 것인지 보통 땅강아지처럼 다시 잽싸게 땅속으로 파고들지 않고 어리바리 방황한다. 생강 모종 심을 때는 굼벵이와 지렁이가 나왔다. 그토록 가물었는데도 무사히 살아 있는 땅속 생물들을 보니 반갑고 기쁘다. 땅속도 예년보다 훨씬 메말랐을 텐데. 땅속은 어떤 세계일까. 여기도 굼벵이, 저기도 굼벵이. 여기는 지렁이, 저기는 땅강아지. 캄캄하고 자유로운 자기들만의 세계가 오롯이 펼쳐져 있겠지? 몸을 동그랗게 말고 있던 굼벵이는 나중에 무엇이 될까. 그 보드랍기 짝이 없는 애벌레에서 딱딱한 등갑을 지닌 완전히 다른 모습의 딱정벌레로 탈바꿈하는 것은 언제나 신비롭게 느껴진다.

비는 소강상태로 접어드나 싶더니 낮에 다시 거세게 쏟아졌다. 좍좍 퍼부었다. 이토록 무자비하게 내리는 빗줄기라면 가늘고 어린 부추 모종은 견디어내지 못하겠구나. 세 번째 심은 애호박 모종들은 괜찮을까. 아이고, 걱정이 태산이다. 내일 아침에 가보는 수밖에.

땅 속
굼벵이
갤럭시

0624

텃밭에 나가 보니 가장 먼저 인사하는 것은 홍화 줄기다. 그냥 인사가 아니라 길 쪽으로 쓰러져 큰절을 올리고 있다. 오늘 새벽까지 내린 첫 장맛비에 때는 이때다! 하고 기울거나 누운 작물들이 텃밭에 허다하다. 다행히 뿌리가 뽑히진 않았다. 빗줄기에 두들겨 맞은 상추는 잎이 찢기어 너덜너덜해졌다.

누웠거나 기울어진 줄기들을 일으켜 세워 흙으로 돋우고 다져주니 잘 선다. 얼룩강낭콩, 홍화, 고추가 많이 쓰러졌고, 가지는 기우뚱 기울었다. 일으켜 세워주니 다 괜찮다. 신기하게도 가장 약해서 못 버텨낼 줄 알았던 부추 모종이 짱짱하니 건재하다. 역시 땅에 바싹 붙어 있는 작은 것들이 더 잘 견딘다. 오히려 빗물 흠뻑 받아먹고 땅에 제대로 뿌리를 박았다.

그런데 이렇게 저렇게 쓰러지고 기울어진 작물들이, 구멍 나고 너덜너덜해진 잎들이 어쩐지 힘들어하기보다 환호작약하는 것 같은 이 이율배반적인 느낌은 뭘까. 나 비뚤어질 거야! 노래하다가 장맛비 핑계로 마음껏 비뚤어진 녀석들의 자유의 환호성이 들리는 듯도 한 이 느낌은? 뒤통수 한 대 기분 좋게 얻어맞은 듯한 이 느낌은?

돌아오는 기쁨

예상대로 고추와 가지가 쓰러지거나 기울어 있다. 다행히 이번에도 뿌리째 뽑히진 않았다. 밤새 불어댄 바람에 어지간히 시달렸으리라. 아예 누운 녀석들보다 옆으로 45도쯤 기울어진 녀석들이 더 힘들어 보인다.

지지대를 세우려는데 올 듯 올 듯 안 오던 비가 갑자기 세차게 쏟아지기 시작한다. 살살 오면 그냥 비 맞으며 일할 텐데 이건 너무 세니까 안 되겠다. 농막 다래나무 옆 마루로 피신.

빗소리가 힘차다. 마루 위 지붕에 쏟아지는 빗소리는 우당탕탕 발을 구른다. 비명 때리는 시간. 갑자기 한가해져서 머리 위 다래나무 넝쿨을 새삼스레 올려다본다. 농장 사장님이 농장 시작할 때 심으셨다는 30년 가까이 된 다래나무. 푸른 다래알이 조랑조랑 달

111

렸다. 다 익어도 푸른빛 그대로인 물컹하고 달콤한 다래는 담비가 좋아하는 산열매이기도 하다. 산에서 다래씨가 섞여 있는 담비 똥을 본 적이 있다. 다 익은 다래가 투둑 툭 바닥에 떨어져 있는 것을 보게 되면 나도 주워 먹겠지. 옳다구나 하고.

빗줄기가 가늘어지더니 안 보인다. 다시 나의 밭으로 들어가 넘어진 아이 일으키듯 고추와 가지를 일으켜 세운다. 농장 망치를 빌려 지지대를 단단히 박고 노끈으로 지지대를 연결하여 어지간한 비바람에는 절대 쓰러질 수 없도록 줄을 단단히 친다. 그까짓 세 두둑 작업하는 데 한 시간 반이나 걸린다. 다 한 뒤 몇 걸음 떨어져서 남의 눈엔 그저 그럴, 내가 세운 어마어마한 방패막을 흐뭇하게 바라본다. 고추와 가지에게 이제 태풍이 와도 부대끼지 말고 걱정 없이 자라라고 속으로 말도 건넨다.

농장 입구에 세워놓은 자전거는 물론 쓰러져 있다. 나 보란 듯이 널브러져 있다. 나도 일으켜 줘요. 길바닥엔 바람 장수가 때려 떨어뜨린 나뭇가지며 잎들이 어지러이 널려 있고, 바람은 아직 행군을 멈출 생각이 없다. 바람을 뚫고 나아가려니 자전거도 애를 쓴다. 이때 뭔가 엄청 환한 것이 자전거와 나를 뚝 멈추게 한다. 길가에 누가 심어놓은 해바라기가 활짝 피어 있다. 한 꽃송이가 크고 묵직하여 바람에도 별로 시달리는 기색 없이 방글방글 웃고 있다. 해님이 내려온 줄 알았잖아요. 그 앞을 오가는 사람과 새와 고라니와 너구리도 보고 함박웃음 절로 짓게 할 해바라기. 테두리에 달린 꽃잎들 하나하나가 바람에 나부낀다. 어두컴컴한 한낮의 비바람 속에서 더 환한 해바라기. 꿀벌 한 마리가 날아와 꽃 한가운데 착 달라붙어 떨어질 줄 모른다. 궂은 날에도 쉬지 않고 일하는 일꾼. 아, 간지럽겠다, 해바라기는.

청갓푸른마을
●
6
월
29
일

청갓은 노린재들의 왕국이다. 매운 향도 강한데 어째서 노린재들은 유난히 이 잎에 많을까. 한두 마리가 아니옵고 바글댄다. 얼핏 보아도 세 종류가 넘는다. 저마다 무늬가 더할 수 없이 정교하고 예쁘다. 똥꼬를 맞대고 주구장창 짝짓기 하는 녀석들, 울퉁불퉁한 잎을 부지런히 오르락내리락 하는 녀석들. 잎을 갉아 먹는 동작은 거인 인간의 눈엔 보이지 않는다. 잎에 나 있는 온갖 줄무늬나 뿅뿅 뚫린 구멍으로 얼마나 부지런히 먹었는지 짐작할 뿐.

노린재만이 아니다. 귤색 무당벌레와 무당벌레 애벌레와 고물거리는 감청색 애벌레도 진을 쳤다. 무당벌레 애벌레는 잎에 붙은 채 우리 집에까지 따라오는 바람에 아파트 화단 부드러운 풀 우거진 곳에 놓아주었다.

이 서로 다른 녀석들이 따로 또 같이 어우러져 잎을 타고 오르내리며 먹고 자고 사랑하고 똥 누고 하는 모습이 보기에 좋다. 어쩌면 노래도 부르고 춤도 추겠지? 빗방울 맺혀 싱싱하고 싱그러운 청갓 푸른 마을. 영원히 세주고 싶다. 내가 먹고 이웃과도 나눌 청갓이야 충분하니까.

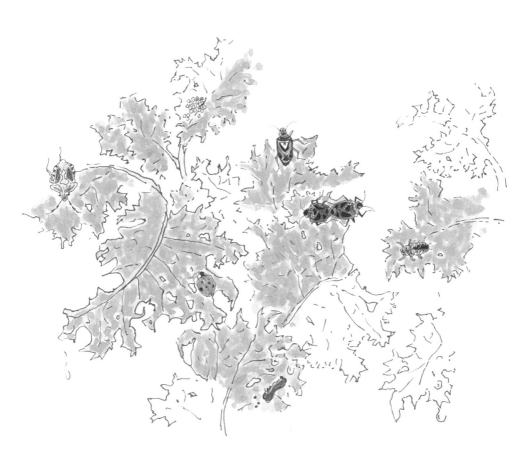

작물은 기다려주지 않는다.

6월 30일

가뭄은 이제 완전히 해갈되었을까. 장맛비가 쉬지 않고 내린다. 이렇게 계속 내려도 괜찮을까 싶게 세차게 퍼붓는다. 천둥도 합세한다. 호우주의보에 산사태 경계 발령이 내려진 곳도 많다. 며칠 전까지는 가뭄을 걱정했는데 이제는 홍수 걱정을 하고 있다.

아파트 단지 앞 좁다란 개천도 흙탕물이 불어 황하강이 되었다. 천변 산책로를 삼키고 산책로 옆 풀 비탈도 반 가까이 높게 물이 차올랐다. 순식간에 불어난 성난 물은 인간을 단박에 압도한다. 높다란 육교에서 사람들이 길 가다 말고 입을 쩍 벌리고 개천 풍경을 구경한다. 물 구경한다.

비가 멈출 기미가 안 보여 비옷을 챙겨 입고 밭에 나왔다. 비 맞으며 일하면 좋다. 밭에 도착하니 비가 이슬비로 바뀐다. 깻잎을 딴

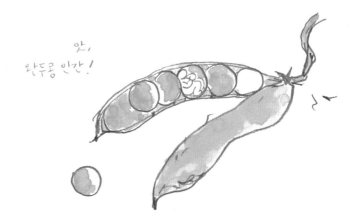

다. 완두콩도 딴다. 하루나 이틀만 늦어도 너무 익어버리니 제때 따주어야 한다. 작물은 기다려주지 않는다. 가차 없다.

이틀 만에 딴 깻잎은 또 너무 많다 싶을 정도로 풍성하다. 며칠째 비 맞아 올해 가장 부드럽고 크게 자란 깻잎을 두 봉지 듬뿍 담아 경비실 앞 나눔 상자에 내놓는다. "비 실컷 맞고 잘 자란 텃밭 깻잎이에요. 필요한 분 가져가셔요." 메모와 함께.

경비실 앞에서 비 구경하고 계시던 할머니가 당신도 가져가도 되냐고 물으신다. 아유, 참. 할머니 드시라고 내놓는 거여요. 나누어 먹는 것은 얼마나 마땅한가. 왜 내가 더 좋을까.

도시에서 더 많은 사람이 텃밭을 일구었으면 좋겠다. 흙을 만지고 작물을 키우고 먹을 것을 나누기. 나는 이것이 작은 혁명일 수 있다고 여긴다. 도시에 살아도 흙과 더불어 인간 본연의 자연스러운 모습을 회복해 가기. 그리 어렵지 않다.

장마비 그치고

•

7월 1일

햇볕이 송곳으로 찌르는 것처럼 따갑다.

혹
독
하
다
•
7
월
3
일

하지 지난 지도 한참 되었다. 하지감자를 수확할 만한지 맛보기로 한두 포기만 먼저 캐보기로 한다. 늑장 부리다 아침 여덟 시에 밭에 도착한다. 여덟 시면 해가 거의 중천이고 특히 요즘처럼 이상 고온이 기승을 부릴 때 이 시각이면 이미 숨이 턱 막힐 듯한 기운이 몰려와 있다. 이 기운은 무섭다. 모든 의욕을 쓰러뜨린다. 아무렴. 그냥 더운 게 아니라 습하면서 더운 무더위는 답이 없다. 혹독하다. 견디지 못한다.

감자 두둑은 이른 봄에 생흙을 부은 곳이라 거름을 한다고 했어도 흙이 단단하고 영 거칠었다. 이런 생땅에서 뭐가 제대로 자랄 수 있을까 미심쩍었는데, 보니 요 며칠 비가 많이 와서 그런지 흙이 고슬고슬하니 부드러워서 깜짝 놀란다. 흙을 자꾸 만져보았다.

시범으로 캔 감자알은 제법 굵다. 양은 얼마 안 되지만, 우리가 겪어온 냉해에 가뭄에 이상 고온을 생각하면 이만큼도 훌륭하다. 연일 내린 장맛비에 싹이 난 것도 있으니 너무 미루지 않아야겠다.

감자 캘 때는 밭 주인인 언니들과 같이 캔다. 흙 속에서 보물을 찾는 것 같은 감자 캐는 즐거움은 늘 함께 누린다. 내일이나 모레 비 안 오는 틈을 타서 세 자매 함께 대망의 감자 세 두둑 수확하기로 한다.

상추, 쑥갓, 루꼴라, 청갓 같은 잎채소도 이제 끝나간다. 계속 내리는 비에 끝물 푸성귀 잎들이 짓무르고 벌레도 더 많이 꼬였다. 홍화도 거둬야 한다. 꽃 지고 홍화씨가 여물면서 줄기 전체가 시든 것처럼 누레졌다. 이제 옥수수가 익어가고 고구마순이 활약할 차례다. 오이와 애호박은 이맘때면 오늘 따고 내일도 따고 돌아서면 또 달려 있고 할 때인데 올해는 아니올시다. 오이는 띄엄띄엄 달리고, 애호박은 세 번째로 모종을 다시 심은 게 엊그제라 지지대 그물망이 휑하다. 처음 겪는 일이고, 여기 텃밭 농부들 거개가 사정이 엇비슷하다.

이런 중에 홍화밭 귀퉁이에 서 있는 아주까리는 키는 작아도 의연한 기상이 있다. 저 모습 그대로 초상화를 그려주고 싶구나. 한 고랑을 차지한 꽃밭도 주인이 바뀐다. 꽃양귀비는 스러졌고, 천일홍과 분꽃 철이 왔다.

감자는 어서 캐라고 줄기가 더 누레지고 옆으로도 더 누웠다. 사람 셋이 달려드니 다 캐는 데 10분도 안 걸린다. 너무 금방이라 멋쩍다. 감자는 알은 실한데 몇 개씩밖에 안 달렸다. 놓치는 게 있을까 싶어 두둑을 두루 호미질을 해봐도 더 이상 나오지 않는다. 보통 때 같으면 감자가 뿌리를 뻗어 내려가며 땅속 깊이까지 감자알이 맺히는데, 올해는 지독한 가뭄에 뿌리가 뻗지 못했다. 얕게 맺혀서 캐기는 너무도 쉬웠지.

감자를 모아놓으니 동글동글 해맑은 얼굴들이 방금 전까지 컴컴한 흙 속에 있던 녀석들 맞나 싶다. 아니 흙 속에 있었기에 저런 깨끗한 낯빛을 띠는 게 아닐까?

감자 캘 때 뭔 너덜너덜한 것이 나오는데, 무심히 지나칠 뻔하다가 씨감자 껍질임을 알게 되었다. 그만 숙연해졌다. 흙 밖으로 싹을 틔워 올리고 흙 속에서는 새로 달리는 감자 아기들한테 살을 다 내줬는지 씨감자 조각이 껍질만 누더기처럼 남았다. 당연한 일이라고 생각되지 않는다. 머나먼 길을 되돌아와 알을 무사히 낳고 죽어가는 어미 연어가 생각난다. 작은 씨감자 조각에서 주먹만 한 감자들이 주렁주렁 생겨나는 것이야 익히 알고 많이 보아왔지만 껍질이 눈에 들어오기는 처음이다. 껍질이 그냥 껍질이 아니었구나. 거룩한 누더기.

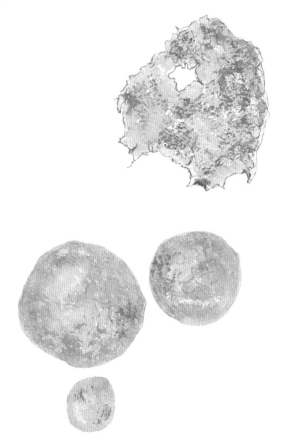

아침에 감자 캔 자리에 옥수수 모종 심으려고 했다가 해가 나고 이미 날이 뜨거워져서 동작 그만! 하고, 저녁에 다시 나왔다. 뜨거울 때 심었다가는 모종이 맥을 못 추고 시들어버릴 수 있으니까.

감자가 조랑조랑 맺혔던 땅을 호미로 새로 일군 뒤, 시원한 농막 그늘에 맡겨둔 모종을 가져와 심는다.

옥수수는 키우는 데 품이 별로 안 든다. 심어놓으면 알아서 잘 자란다. 자라면서는 우쭐우쭐 키가 훤칠하게 크고 잎도 길쭉길쭉 시원하게 달린다. 바람이라도 불면 잎들이 차르르르 부드러운 파찰음을 내며 춤춘다. 해마다 우리 옥수수는 옥수수자루가 얼마 안 달리고 알갱이도 부실한 편이지만 뭐 어때.

얼룩강낭콩은 지난번 비바람에 기울어진 것을 한번 일으켜 세워준 뒤로는 알아서 잘 있으려니 하고 내버려 두었다. 오늘 맘먹고 자세히 살펴보니 다시 기울었거나 너무 오래 젖은 흙에 닿아 있어 곰팡이가 슨 꼬투리들이 보이고 난리다. 대단히 미안하다. 수확할 때가 다가오지만, 그때까지라도 편하게 기대어 살라고 강낭콩 줄기 하나하나 찬찬히 보면서 지지대를 세우고 끈으로 묶어준다. 꼬투리가 익은 것은 따고, 상한 것은 떼어내고, 지지대는 완두콩에 썼던 나무줄기 지지대를 재활용한다. 제대로 살피지 못한 것을 뒤늦게 참회하며 쭈그려 앉아 얼룩강낭콩을 돌보는 시간. 애틋한 마음이 뭉게뭉게 피어난다. 진즉 지지대 세워줄 것을.

얼마 전 완두콩 뽑은 자리엔 장맛비 오는 거 봐가면서 열무씨를 뿌리기로 한다. 흙이 좀 말라야겠지. 갑갑해서 바지를 무릎께까지 걷고 일했더니 이때다, 하고 모기가 종아리를 콕 물었다. 인간의 피가 맛있지, 모기야?

올해는 가물어서 호미가 심심하도록 풀도 통 안 났는데, 오이와 애호박 넝쿨 뒤 옥수수 비탈엔 드물게 풀이 무성하다. 그곳은 풀이 우북해지도록 내버려 두었다가 뽑지 않고 낫으로 벤다. 낫질을 하고 싶어서 그렇게 하기도 한다. 낫을 갈지 않은 지 오래되어 풀이 썩썩 시원하게 베이진 않아도 낫질은 재미있다. 벤 풀은 그 자리에 그대로 뉘어놓는다. 번식력이 아마도 바랭이 다음은 갈 까마중도 가차 없이 베어내다가 한 그루는 그대로 둔다. 동글동글 푸르고 새까만 열매가 이미 달려 있다. 까만 것이 다 익은 것이다. 워낙 잘아서 먹잘 게 없지만 나는 따 먹는다. 아기들의 소꿉장난에 어울릴 법한 크기와 생김새랄까. 흔해빠진 까마중을 보면 어렸을 때 동무를 보듯 반갑다.

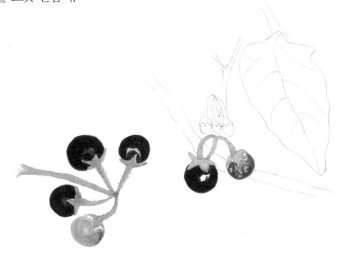

잠깐의 낫질로 컴컴하던 옥수수 아래가 훤해진다. 구슬땀이 송골송골 맺혀 턱 밑으로 주르륵 굴러떨어진다. 개운하다.

할 일을 미리 가늠하고 가는데도 텃밭에 가면 늘 할 일이 더 보여서 예상보다 오래 머무르게 된다. 그것이 싫지 않다. 뻐꾸기 소리 또 들려온다. 해마다 여름이면 돌아와 인간의 탁한 귀를 깨끗이 닦아주는 뻐꾸기의 노래. 이 여름 노래는 당연한 것이 아니라 귀한 선물이다.

　사랑하는 뻐꾸기야, 너는 덥지 않니? 나는 그거 좀 움직였다고 오늘도 땀범벅이란다. 쉰내가 풀풀 난단다.

아직 키는 작아도
의연한 기상을
뽐내는
아주까리,
우리 텃밭 마스코트.

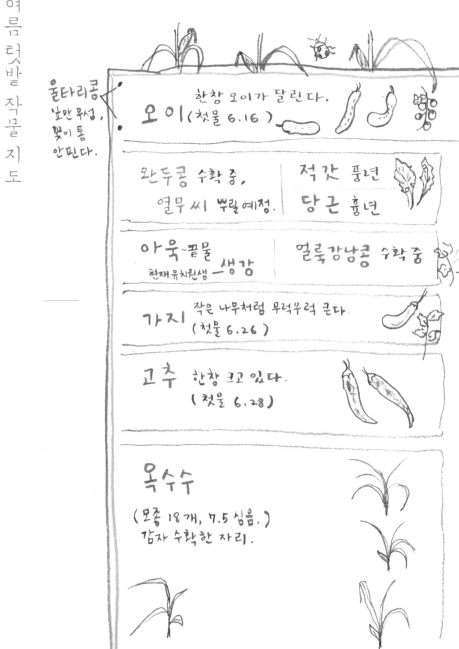

여름 터밭 작물 지도

울타리콩
잎만 무성,
꽃이 통
안핀다.

한창 오이가 달린다.
오이 (첫물 6.16)

완두콩 수확 중,
열무 씨 뿌릴 예정.

적갓 풍년
당근 흉년

아욱 꽃물
현재 유치원생 — 생강

얼룩강낭콩 수확 중

가지 작은 나무처럼 무럭무럭 큰다.
(첫물 6.26)

고추 한창 크고 있다.
(첫물 6.28)

옥수수

(모종 18개, 7.5 심음.)
감자 수확한 자리.

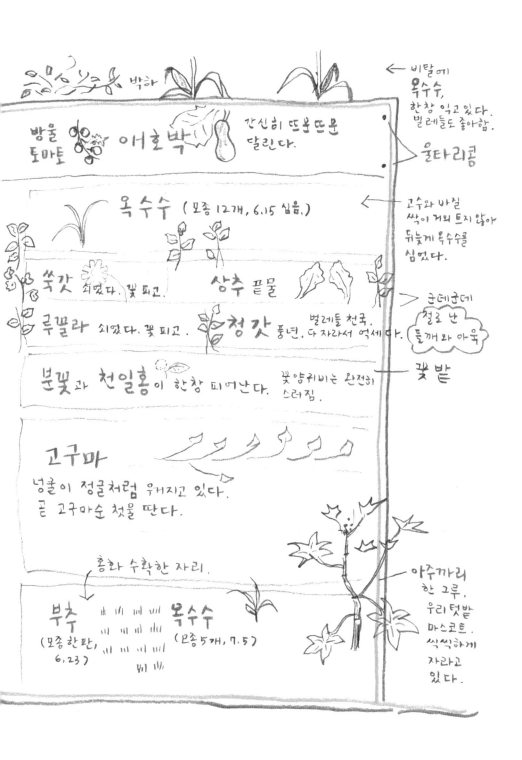

묘종 박하

비탈에
옥수수,
한창 익고 있다.
벌레들도 좋아함.

울타리콩

방울 토마토 애호박 간신히 띄옴띄옴 달린다.

옥수수 (모종 12개, 6.15 심음.)

고수와 바질
싹이 거의 트지 않아
뒤늦게 옥수수를
심었다.

쑥갓 쇠었다. 꽃 피고. 상추 끝물

루꼴라 쇠었다. 꽃 피고. 청갓 풍년. 벌레들 천국. 다 자라서 억세다.

군데군데 절로 난 들깨와 아욱

분꽃과 천일홍이 한창 피어난다. 꽃양귀비는 완전히 스러짐.

꽃밭

고구마
넝쿨이 정글처럼 우거지고 있다.
곧 고구마순 첫물 딴다.

홍화 수확한 자리.

부추   옥수수
(모종 한 판,   (모종 5개, 7.5)
6.23)

아주까리
한 그루,
우리 텃밭
마스코트.
씩씩하게
자라고
있다.

감자 수확 후 가을배추 심을 때까지 땅을 비워두기 아까워 옥수수 모종을 심었다. 여름엔 성장이 빨라서 두 달이면 옥수수를 딸 만하다. 올해 호박 농사는 여러 가지 이유로 잘 안 되었다. 모종을 새로 두 번 더(5.9, 6.23) 심었는데도. 텃밭 곳곳에 절로 난 들깨와 아욱은 아주 실하다. 뜻밖의 깻잎 풍년을 맞았다.

새로 심은 옥수수 모종이 자리 잡았나 보러 아침 텃밭에 잠깐 들
른다. 뻐꾸기 소리, 오늘 아침엔 더 싱그럽다. 오늘은 24절기 중 하
지와 대서大暑 사이에 있는 소서小暑. 보통은 이때부터 본격적인
무더위가 시작된다고 하는데, 천만에요. 5월에 이미 한여름 같은
날이 들이닥쳤고, 이후로 무더위는 아주 진을 쳤답니다.

옥수수 모종은 시들거나 마른 기색 없이 잘 있다. 고구마 넝쿨
이 제법 우거져서 혹시나 하고 들춰보니 딸 만하게 자라 있어서 첫
물을 딴다. 싱싱한 고구마순의 나풀거리는 잎은 베어내고 긴 자루
만 단으로 묶는다. 손목이 안 좋은 큰언니를 위해 바로 조리해 먹
을 수 있도록 껍질을 벗겨 배달해야지.

자전거를 세워둔 농장 정문 맞은편 숲에서 하, 꾀꼬리가 노래하

기 시작한다. 그 소리 듣느라 자전거 열쇠 줄만 끌러놓고는 한참 더 그 자리에 있을 수밖에 없다. 보이지 않는 샛노란 시인의 노래를 거부한다거나 듣다 말고 일찍 자리를 뜰 권리가 나에게 있을까? 이제 가도 된다는 듯 노래가 뚝 멈췄을 때 비로소 자전거를 타고 돌아온다. 기쁜 사람이 되어.

흐린데도 무덥기 짝이 없는 소서 날. 고구마순 딸 때 문득, 농장 사장님의 마디가 불뚝불뚝 불거진 거친 손이 생각났다. 요령 피울 줄 모르고 일밖에 모르는 사람의 손은 아름다운 것이 아니라 '망가진다'. 아픈 손이다.

　텃밭 농사는 소꿉장난이 아니다. 정신이 버쩍 나는 '농사'.

아침 풀벌레 소리는 저녁 풀벌레 소리와 조금 다르게 들린다. 보슬
비가 내려 뜨겁지 않아서 좋은 아침. 분꽃은 꽃잎을 오므렸다. 날
밝으면 꽃잎을 오므리고 어두워지면 꽃잎을 펼치는 재미있는 식물.
오늘은 해가 나지 않았는데도 아침임을 안다는 듯, 보슬비 나리는
동쪽 하늘 어딘가 해가 떠올라 있음을 안다는 듯 꽃잎을 일제히
오므렸다. 똑똑하다.

보슬비쯤은 새들의 노래를 방해하지 못하는구나. 뻐꾹새가 노래
한다. 꾀꼬리와 다른 새들도 합류한다. 새들은 이 텃밭 농장 가까
이에서 쉬지 않고 내달리는 차들이 내는 소음에 아랑곳하지 않고
자신의 노래를 부른다. 시끄럽다고 이곳을 떠나지 않는다.

모기가 등짝을 한 방 쏘았다. 두고 보자, 모기.

누렇게 마른 아욱잎에 앉아 있는 것은 사마귀다. 올해 첫 대면인데, 새끼다. 세상물정 모르고 어리둥절해 있는 표정과 자태. 사마귀 새끼는 이 밭에서 잘 살렴. 네 앞길을 따로 돕지는 못해도 방해하지는 않으마.

어려서는 사마귀를 무서워했다. 사마귀를 만지면 얼굴에 사마귀가 돋는다고도 했다. 얼굴에 돋는 도도록하고 납작하고 반질반질한 군살에 왜 사마귀란 이름을 붙였을까? 지금도 자세히 보면 사마귀는 사뭇 위협적으로 생겼다. 무엇이라도 무찌를 것 같은 톱니 앞발과 험상궂은 인상. 무시무시한 사마귀가 나는 좋다.

오늘은 아욱과 비름나물과 깻잎을 땄다.

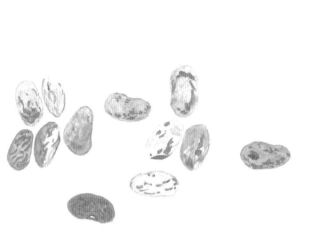

그제 밤인가부터 공기가 달라졌다. 차이가 확연해서 정확히 기억한다. 그 전날까지는 밤에도 습하고 더워서, 조금 걸어볼까 하고 개천 산책로로 나갔다가 불쾌지수가 금세 높아져 산책이고 나발이고 다 관두고 싶더니.

오늘은 아침 공기의 살갗이 다르다. 습도가 천국과 지옥을 가른다. 숨을 턱 막히게 하는 주범인 습도가 내려가니 날이 청량해서 무더위도 견딜 만해진다. 절로 웃는 낯이 되어 텃밭을 마주한다.

날씨가 어떻게 변덕을 부려도 맑고 밝게 노래하는 것을 잊지 않는 뻐꾹새의 아침이기도 한 이 아침. 오늘의 텃밭을 먼저 한눈에 훑어본다. 아니 저것은! 한 고추 줄기에서 갈라져 뻗은 커다란 두 가지 중 한 가지가 통째로 시들어 있다. 갑자기 왜? 그렇게 된 이유가 분명 있을 텐데 나는 알 길이 없다. 조랑조랑 달려 있던 크고 작은 고추들도 시들었다. 어디가 꺾인 것도 아닌데, 고추 줄기 전체도 아니고 반쪽만 자로 잰 듯 그러한 것이 기이하다. 알 수 없는 일들은 계속 발생한다. 곡성에서 얻어온 울타리콩은 넝쿨이 지지대를 타고 쭉쭉 푸르게 뻗어 올라가 흐뭇하게 관망 중이었는데, 언제 나오나 고대하던 콩 꼬투리가 단 한 개도 맺히지 않고 있다. 수수께끼다. 이리저리 살펴보지만 정말 꼬투리가 한 개도 안 달렸다. 겉으로 보아서는 멀쩡한데, 씨앗 콩에 문제가 있었나? 줄기를 그만 정리해야 할까? 열매를 맺지 않는 작물은 빵점인가? 다른 밭 울타리콩 넝쿨엔 꼬투리가 꽤 달렸다. 비교하려는 것이 아니다. 자책하는 것이다. 하늘로 넝쿨손을 뻗고 있는 푸른 울타리콩을 나는 좀 더 두기로 한다.

깻잎은 이틀 만에 또 딸 만하게 자랐다. 오늘 또 나눔 상자에 내놓자. 고구마순은 언제라도 따라고 아우성이다. 잎이 우거져 두둑 사이 널따란 고랑을 거의 다 뒤덮었다. 눈곱만 한 아욱꽃에도 벌이 날아든다. 얼룩강낭콩은 한 줄기 안에서도 익은 꼬투리, 덜 익은 꼬투리가 있어서 여문 것만 따고, 전체로 다 여문 것은 줄기째 뽑는다. 장맛비가 많이 내린 덕분에 땅이 촉촉하여 한 번에 쑥 잘 뽑힌다. 얼룩강낭콩은 옆 텃밭 이웃에게 좀 드리기로 했는데 조만간 만날 수 있기를. 장마 전까지는 텃밭을 찾은 저녁마다 마주쳐서 어느 저녁엔가 먹기엔 너무 예쁘고 실한 조선호박 하나를 얻기도 했다. 제철을 맞은 옆 텃밭의 싱그러운 애호박 넝쿨을 나는 부러워하지 않고 기쁘게 바라본다. 우리 텃밭 애호박은 잘 안 돼서 얼마 전에 새로 모종을 구해다 심었다. 새로 자라야 하니 아득히 멀다. 이 뜨거운 때를 이겨내며 무탈히 자라줄지.

오이 하나는 흙바닥에 누워서 누렇게 노각이 되어가는 중이다. 다 익은 푸른 오이를 그대로 두면 전혀 다른 느낌의 늙은 오이, 노각으로 변신한다. 늙는다기보다 다른 존재로 바뀐다. 커다란 오이 잎을 하나 따서 서서히 변신 중인 오이 밑에 깔아주었다.

아침 일곱 시 반에 와서 한 시간쯤 지났나. 25도였던 기온이 29도로 올랐다. 계속 오르겠지. 35도까지 오르고 체감온도는 42도라고 스마트폰이 알려준다. 이상 고온이 일상이다. 작물도 너무 뜨거운 날이 계속되면 상한다. 우리 같이 힘내자는 말이 안 나온다. 쓰르쓰르 찌르찌르 아침 풀벌레 소리 배웅을 받으며 돌아온다. 아파트 단지들 사잇길로 들어설 때 플라타너스 가로수에서 들려오는 반가운 이것은? 올해 첫 매미 소리다. 귀환을 환영합니다, 매미. 올해도 어김없이 왔네요.

이 세상에는 아무리 시끄럽게 울어도 시끄럽지 않고 계속 듣고 싶은 소리가 있다. 나에겐 매미 합창이 그렇다. 거대한 합장合掌 같은 한여름 뙤약볕 속의 매미 합창. 개구리 소리도 그렇다. 깜깜한 밤 논을 들었다 놓았다 하는 개구리 울음소리는 넋을 놓고 듣게 된다. 그 소리 들으며 어린모는 벼 되어간다. 그리고 새소리. 꾀꼬리나 뻐꾹새 소리야 말할 것도 없고, 허공을 가르며 왜액~ 하고 투박하게 내지르는 왜가리 소리도 얼마나 좋은가. 우아한 생김새와 반전을 이루는 소리에 절로 웃음 짓게 된다.

동물들 소리는 다 좋다. 동물들의 소리를 더 많이 들으며 살고 싶다. 인간의 소리는? 새들에게 인간의 소리는 어떻게 들릴까? 개구리에게는? 고라니에게는?

곡성 친구가 보내온 택배 상자에
옥수수와 함께 온 삼엽국화 꽃.
실컷 피었다가 시들고 있다.
시들어도 예쁘네요.

분꽃에 홀린 날

7월 11일

저녁 여섯 시쯤 밭에 도착했을 때 분꽃은 대부분 꽃잎을 오므린 채였고 하나나 두 개가 꽃잎을 막 펼치고 있었던 것 같다. 그러려니 하고 고추, 가지, 오이, 깻잎, 강낭콩, 고구마순 들을 들여다보며 따고 뜯고, 완두콩 수확한 자리에 열무씨를 새로 뿌리고 내 할 일을 했다. 얼추 일을 마치고는 분꽃이 눈앞에 있어서 꽃이 작아도 향기가 좋았던 것이 생각나 코를 대고 큼큼 분꽃 향내를 맡았다. 아, 향긋해라. 꽃에서 얼굴에 바르는 분 같은 향기가 나서 분꽃이라는 이름이 붙은 것은 아닐까? 화사한 천연 향. 그렇게 잠시 작은 분꽃이 내뿜는 향기를 맡으며 황홀해하다 꽃들이 대부분 꽃잎을 펼쳤다는 사실을 문득 깨닫게 되었다. 으아.

시간을 보니 일곱 시를 막 지났다. 일하지 않고 분꽃 앞에서 지켜보고 있었으면 오므렸던 꽃잎을 펼치는 것을 볼 수도 있지 않았을까? 우주가 열리는 것을 내 눈으로 목격할 뻔했구나. 이 향기로운 작은 동물들은 내가 자기들 곁에서 꼼지락꼼지락 움직이는 것을 다 지켜본 것이 틀림없다. 하나둘 꽃잎을 펼치면서 말이다. 내가 손으로 풀을 쏙쏙 뽑는 것을. 완두콩 거둔 땅을 호미로 새로 일구고 '신만복'이라는 이상한 이름의 열무씨를 뿌리는 것을. 흙으로 씨를 잘 덮어주고는 물조리개로 물을 듬뿍 떠다 주는 것을. 갸웃갸웃 고개를 움직이며 오이 넝쿨을 살피고 잎에 가려진 잘 익은 오이를 발견하고는 아이처럼 반색하는 것을. 깻잎을 익숙하게 똑똑 곧잘 따는 것을. 저희들 바로 앞에 우거진 고구마순 두둑을 보며 고구마순을 좀 딸까 말까 고민하는 것을. 뒤늦게 다시 심은 안쓰러운 애호박 모종 둘레에 웃거름을 놓는 것을. 거름이 묻어 손이 거뭇거뭇해지는 것을. 그러고는 마침내 잊었다가 기억났다는 듯 내가 저희들한테 다가가 좀 전까지 오므렸던 꽃잎을 일제히 펼친 것을 알고는 신세계라도 발견한 듯 놀라 어쩔 줄 몰라 하는 것을. 커다란 콧구멍을 들이대고 저희들 향내를 훅 들이마시고는 이야~ 탄복하며 호들갑 떠는 것을. 분꽃은 보고 있었던 것이다. 다 보고 있었던 것이다.

나는 무엇엔가 단단히 농락당한 이상한 기분에 휩싸여 집으로 돌아온다. 자전거가 휘청거린다. 등 뒤에서 사람 아닌 무언가가 계속

나를 보는 것 같다. 무엇에 홀린 듯 기분이 이상하다. 캄캄한 밤도
아닌 아직 밝은 저녁에 여우도 아닌 한낱 분꽃에 홀리다니. 한낱
분꽃에.

옥수수 한 그루에 옥수수자루 두 개 달리면 만점입니다. 한 개 달
리면? 그래도 만점. 너무나 이상하고 척박한 날씨에 욕심낼 수 없
어요.

언제부턴가 텃밭이 곤충과 거미의 집이 되었습니다. 이것은 해
마다 반복됩니다. 좋은 일이에요. 곤충과 거미의 집이
되지 못하는 텃밭은 불행할 거예요. 옥수수
자루에는 옥수수자루 색과 비슷한
보호색을 띤 노린재들이 놀고
있습니다. 부드러운 긴 칼 같
은 옥수수잎에도 노린재
가 앉아 있어요. 농부

도 아주 작은 인간으로 순간 변신하여 노린재처럼 옥수수잎에 앉아 있어 보고 싶습니다. 함께 미끄럼 타고 싶습니다.

　반의반 평이나 될까 말까 한 청갓 밭도 노린재와 무당벌레가 차지했어요. 색깔도 무늬도 다 다른 녀석들이 사이좋게 어울려 살고 있으니, 이 정다운 마을을 함부로 어떻게 하지 못하고 고대로 두고 있습니다. 텃밭에서는 좀 그래도 됩니다.

빗속에서 오이 따기

7월 13일

세게 올 때는 하늘에서 폭포수가 떨어지는 것처럼 비가 왔다. 좀 덜 올 때를 기다렸다가 빗속에 굳이 밭에 가서 오이 네 개를 땄다. 해 안 나고 비 온다고 오이가 안 자랄까. 어제 보아둔 오이가 웃자라기 전에 따겠다고 성실한 농부 흉내를 내며 굳이. 실은 하루쯤 더 놔둬도 큰일 나지 않는데 비 맞고 싶어서 다녀왔다.

농장 사장님이 '퇴근'을 미루고 땀을 줄줄 흘리며 손으로 풀을 뽑고 있는 저녁. 땅이 젖어서 제철 맞은 풀이 쑥쑥 잘 뽑힌다. 대단한 바랭이 기세를 한번 눌러주기 좋은 기회다.

　줄기 아래쪽에 달린 오이는 흙탕물이 많이 튀었다. 수돗가에서 오이를 씻고 나도 발과 손을 씻었다. 장화 대신 신은 고무신도 씻었다. 오이 네 개 달랑 따 가지고 자전거를 씽씽 몰고 비 맞으며 집으로 돌아왔다. 마음으로는 와와 소리 지르며.

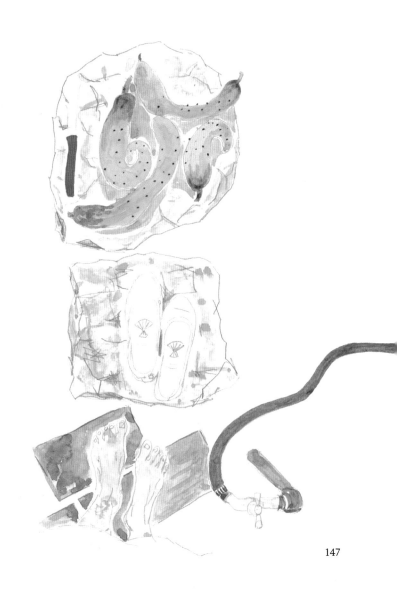

당신의 허물

●

7월 17일

아침 밭에 상추, 쑥갓, 청갓 정리하러 나왔다. 밭에 도착하자마자 고구마순 정글 숲에서 뭐가 튀어나온다. 인기척에 놀란 개구리가 펄쩍 도약하여 옆 밭으로 순식간에 달아난다. 보자마자 이별이니 아쉬워 개구리가 사라진 쪽으로 다가가 기웃거린다.

땅이 젖어 있어서 일이 수월하다. 청갓을 뽑는데 아유, 노린재들은 꽁무니가 서로 붙은 채로 달아나느라 경황없고, 민달팽이 어린 것도 웬 날벼락이냐, 느릿느릿 허둥댄다. 아욱도 쇠어서 꽃대가 길게 올라온 것을 골라 뽑아내던 중에 깜짝이야, 이 벗어놓은 옷은 누구 것? 허물이라도 형태가 사마귀임을 알려준다. 사마귀는 허물을 여러 번 벗는데, 푸른 아욱잎에 벗어놓은 이 허물은 몇 번째 허물일까.

아욱잎에
사마귀
허물

　사마귀 허물을 직접 보는 것은 처음이다. 만져보니 보드랍다. 어쩐지 벗은 지 얼마 되지 않은 것 같다. 근처에 사마귀가 있겠어서 둘레를 둘러본다. 있다. 연둣빛 사마귀. 움직임이 거의 없다. 아직 몸을 말리고 있는 중인지도 몰라서 가만히 본다. 자리를 비켜줘야 한다는 생각에 뽑으려던 아욱 줄기를 그대로 두고 얌전히 물러난다. 혹시 전에 보았던 새끼 사마귀가 자란 것 아닐까? 그때도 아욱잎에 있었지.

　이번엔 빗물에 짓물러 썩은 쑥갓 대를 뽑으려는데 이크! 사마귀가 한 마리 또 있다. 얘는 갈색이 섞인 다른 종류 사마귀다. 이 녀석도 움직임이 굼뜨다. 쑥갓 대도 못 뽑고 또 뒤로 물러난다. 검보랏빛으로 잘 익은 가지 따고, 깻잎을 한참 딴 뒤 자전거 앞 바구니에 싣고 가방에도 그득 담아가지고 집에 돌아온다. 넉넉한 깻잎은 또 나눔 상자에 내놓는다. 마침 경비실 앞 의자에 앉아 계신 할머니에게 깻잎 드시는지 여쭈니까 좋다 하셔서 바로 드린다. 할머니는 갓 딴 깻잎 한 다발에 함박웃음.

스무 평 텃밭 일이 끝이 없는 것 같이 느껴지기도 한다. 일이 다 끝나서 돌아온 게 아니라 날이 뜨거워져서 더 못하고 쫓겨 나오는 것이니까. 저녁에 덥지 않을 때 다시 가서 해야 하니까. 그래도 '끝이 없는 것 같은 텃밭 일'이라고 말하는 것은 엄살이다. 이 정도 텃밭 농사는 힘들 게 없다. 정성을 얼마큼 기울이냐의 차이가 있을 뿐. 오히려 하는 것에 견주어 받는 게 너무 많지.

오늘 점심은 밭에서 따 온 가지를 쪄서 까나리액젓과 깨소금, 들기름을 넣고 설설 무쳐 낸 가지나물에 국수를 삶아 넣어 가지나물 비빔국수를 해 먹는다. 맛이 어떠냐고요?

녘의 사마귀 곁에서

• 7월 17일

아침에 못다 한 일 마저 하러 저녁 밭에 다시 왔다. 아욱잎 위에 있던 사마귀 허물이 안 보인다. 이럴 수가 있나? 오늘은 바람이 불지 않았다. 주위를 둘러보니 아, 저기 쑥갓 줄기들 아래 흙바닥에 놓여 있다. 대체 어떻게 거기에 있는 거지? 설사 바람이 불었다 해도 바람이 그 위치로 허물을 날려 보내기에는 장애물이 많다. 누가 일부러 옮겨놓지 않고는 설명이 안 되는 위치다. 나 아닌 다른 인간일 수는 없을 테니 사마귀가?

어허, 이것 좀 보게? 그 허물 가까이 사마귀 허물이 또 하나 놓여 있다. 아까 오전에 보았던 다른 사마귀 허물이로군. 그렇다 해도 아욱잎 위에 있던 허물이 어떻게 이 흙바닥으로 옮겨져 있는지는 수수께끼다. 사마귀 허물 두 개가 서로 가까이 있다. 이 두 마리 사마귀, 혹시 커플이니? 하나는 아욱 줄기에, 다른 하나는 이웃해 있는 쑥갓 줄기에 있으면서 서로 이따금 바라보면서 애틋해하는 그런 사이? 둘이 거의 동시에 벗어놓았을지도 모르는 허물들은 바닥에 가까이 붙여놓고 말이야. 이것 참.

갈색이 섞인 사마귀는 아침보다 빛깔이 더 짙어졌다. 둘 다 여전히 거의 움직임이 없다 할 정도로 고요하다. 뭘 좀 먹기는 했는지. 얘네들 궁금하여 내일 아침에도 밭에 나오게 되겠구나.

작물들은 낮 동안에 확실히 더 자랐다. 깻잎 또 자란 것이 눈에 띄고, 그래서 또 따고, 꽈리고추도 더 자란 게 보여서 또 따고. 이러니 내가 식물을 마주하는 게 아니라 동물을 마주하고 있는 것 같

은 느낌이 들지 않을 수 있겠는가 말이다. 커다란 앞발을 쑥갓 줄기
에 가만히 기대고 서 있는 저녁의 사마귀 곁에서.

옥
수
수

익
는

냄
새

•

7
월

19
일

사마귀 커플은 딴 데로 이사 갔는지 있던 곳에 안 보인다. 더 좋은 곳으로 잘 찾아갔겠지. 보드라운 허물은 그대로 둔 채. 어디로 갔는지 궁금하지만 일부러 찾지는 않을게.

멀쩡해 보이던 옥수수 하나가 허리를 푹 꺾었다. 아니 꺾였다. 제법 늠름했던 옥수수를 한순간에 쓰러뜨린 것은 거친 비바람이나 천둥번개가 아니라 내 엄지손톱만이나 한 노린재 무리. 노린재가 옥수수 줄기 허리께를 집중 공략했는지 어느 순간 쩍 하고 꺾인 것이다. 옥수수는 노린재들의 먹이창고이자 신나는 놀이터였던 것.

예쁘다, 같이 미끄럼 타고 싶다, 어쩌고저쩌고 설레발치더니 이럴 줄 몰랐소? 일곱 그루 옥수수를 주욱 훑어보니 상황이 고만고만하다. 옥수수자루 하나를 따서 껍질을 벗겨본다. 여물기는 잘 여

154

물었는데 노린재의 습격에 알갱이 한 알 한 알에 누렇게 병든 자국이 있다. 이야, 노린재 네 이놈들. 너도 먹고 인간인 나도 먹어야지, 이렇게 몽땅 망가뜨리면 어떡하냐. 공생, 상생, 몰라? 세상은 함께 사는 거야. 상생이라고 못 들어봤어?

미리 손을 쓰지 않고 뒤늦게 쩨쩨하게 노린재한테 따지기나 하는 나는 시시한 인간입니다.

노린재가 흠집을 많이 낸 옥수수를 모조리 수확하여 흠난 데 잘라내고 나니 반 토막씩도 안 된다. 지금 압력솥에 찌는 중이다. 옥수수 익는 냄새가 솔솔 난다. 옳지 않은 거라도 이렇게 맛난 것을 나만 먹으면 되겠나 안 되겠나. 옥수수는 수확 후 바로 쪄 먹으면 정말 맛있다. 오늘 늦은 저녁은 벌레 먹은 첫물 옥수수다. 첫물이라 했지만 첫물이 거의 끝물이다. 아니지, 고수와 바질 씨를 뿌렸으나 거의 싹 트지 않은 자리에, 또 하지감자 캔 자리에 시간 차이를 두고 옥수수 모종을 또 심었으니 끝물은 아니라오. 그런데 이 모종들이 자라서 익으려면 백만 년은 기다려야 한다.

인간은 쩨쩨하고 참깨는 고결하다.
텃밭 농장 사장님네 참깨는 모진 날씨에도
다부지게 여물어간다.

오늘은 큰언니와 텃밭의 고구마순으로 대망의 고구마순 김치를 담그기로 한 날이다. 언니는 집에서 김치 담글 준비를 하고 나는 아침 일찍 고구마순을 따러 텃밭에 가려고 했는데 지난밤부터 내리던 비가 아침에도 내리고 있어서 비 잦아들기를 기다렸다가 아침 일곱 시 반 지나서야 텃밭에 도착했다. 비 오고 흐리니 날이 덥지 않아서 고구마순 따기에 좋다.

고랑을 따라 정글처럼 우거진 세 이랑 고구마순을 다 따는 데 한 시간 반쯤 걸렸다. 따고, 따고, 또 따고. 이게 생업이라면 힘들겠지만 가끔 하는 것은 아주 재미있다. 한 시간 반을 혼자 따는데도 하나도 지루하지 않고 힘들지도 않다. 고구마 넝쿨을 척 들어올린 뒤 싱싱하게 매달려 있는 순을 똑똑 딴다. 정글을 들추니 어둡고 아늑한 고구마 넝쿨 속에 살고 있던 달팽이들이 들킨다. 잘 먹고 편안해서인지 토실토실하다. 고구마순은 벌레가 별로 안 꼬이는 작물인데 심심하지 않게 달팽이가 와주었구나.

고구마순을 다 따고 나니 시푸르던 고구마 두둑이 민둥산이 되었다. 맨흙이 드러났다. 옷을 홀라당 벗겨놓은 것처럼 되어서 미안한 마음이 든다. 걱정할 필요는 없다. 며칠 만에 이곳은 다시 푸르게, 언제 민둥산인 적 있었냐는 듯 우거지게 된다.

작은 산처럼 쌓인 고구마순에서 너펄거리는 잎을 잘라낸다. 그래야 부피가 좀 준다. 이제 벗기기 좋게 말쑥하게 정리된 고구마순 옮기기. 내 자전거에는 고구마순을 다 싣지 못해 언니더러 차를 갖고 오게 해서 차에 태워 옮긴다.

언니 집 거실 복판에 고구마순을 부려놓고 벗기기 시작한다. 그동안 비가 많이 온 덕분에 껍질이 시원시원 잘 벗겨진다. 가물 때는 껍질이 잘 안 벗겨지기도 하는데 그럴 때는 소금물에 담가두었다가 벗기면 잘 벗겨진다. 껍질 벗기는 게 귀찮고 손이 꺼매진다고 껍질 벗긴 고구마순만 찾는 사람도 있다. 껍질 벗긴 것은 값이 두 배다. 나는 고구마순 껍질 벗기는 것이 재미있다. 비 개고 흐려 모처럼 아주 덥지는 않은 날, 열어놓은 창문으로 쏟아져 들어오는 매미 소리를 들으며 고구마순 껍질 벗기기 삼매경. 거무튀튀하게 손에 고구마순 물이 들기 시작하고, 이 물은 꽤 오래 가겠지. 그러면 어때. 언니는 김치에 들어갈 온갖 양념들 준비한 뒤 고구마순 벗기기에 합류. 껍질 벗기는 데만 세 시간 넘게 걸린다. 뻐근하고 뿌듯하다.

커다란 함지박 같은 스테인리스 통에 껍질 벗긴 고구마순 그득 담아 소금 뿌려 숨 죽이기. 헹궈 내고 물기 빠지게 잠시 기다리기. 그러고서 드디어 큰언니가 양념을 버무리는데 오매, 맛있는 냄새가 확 끼친다. 침이 꼴깍 절로 고인다.

고구마순 김치를 연례행사처럼 두어 차례 담그는 것은 아무래도 예전 기억 때문이다. 내가 고등학생 때까지 살았던 전라북도 익산은 고구마 산지다. 정확히 말하면 고구마순과 고구마라고 해야겠지. 여름이면 온 마을 어른들이 고구마순을 딴다. 요즘 여름 한낮엔 농부도 들에 잘 안 나가는데, 그때는 그런 거 없었다. 한여름 뙤약볕 아래 수건 두르고 밀짚모자 눌러쓰고 긴팔 옷 입고 온 동네 어무니 아버지들이 허리 굽혀 고구마순을 따던 모습이 눈에 선하다.

엄마는 음식 솜씨가 좋았다. 우리 엄마가 담근 고구마순 김치보다 맛있는 고구마순 김치는 앞으로도 없을 것이다. 지금 생각하면 그 감칠맛의 상당 부분은 화학조미료에서 왔던 것 같기도 하지만. 엄마는 '미원'을 늘 곁에 두고 썼다. 어쨌든 고구마순 김치만 있으면 밥이 달았다. 여름 동안 고구마순한테 영양분을 많이 뺏긴 고구마는 늦가을 고구마 시장에서 상품上品에 들지는 못했던 것 같다. 서리 오기 전에 캐서 우리 식구 먹을 것과 종자만 남기고 익산 시내

보해소주 공장에 고구마를 다 넘긴다고 했다. 비교적 헐한 값에. 그렇다고 우리 고구마가 맛이 없는 것도 아니었다. 윗방 뒤주에 가득 넣어두고서 겨우내 쪄 먹은 고구마는 물이 많고 달았다. 가끔 뒤주에 쥐가 들락거리는 소리도 심심찮게 들렸고.

　고구마순은 신기한 야채다. 그 자체로는 별 맛이 없다. 심심하달까. 그런데 반찬을 해놓으면 별식이 된다. 고구마순 김치는 물론이고 들깻가루 무침, 고춧가루 넣고 자작자작 벌겋게 지져 먹는 고구마순 지짐, 고구마순을 밑에 깔고 갈치 같은 생선을 올려 끓여 먹는 조림⋯. 고구마순 레시피는 끝이 없다. 고구마순 따는 데 한 시간 반, 껍질 벗기는 데 세 시간, 또 그 앞뒤 시간들 포함해서 아침부터 오후 늦은 시간까지 거의 하루 종일 걸린 고구마순 김치 담그기. 자주 할 수는 없는, 특별한 기억 잔치. 어렸을 때 오래 즐겨 먹던 음식의 힘은 무척 세다.

고구마순은 지역에 따라 고구마 줄기,
고구맛대, 고구마 줄거리라고도 한다.

한
여
름
•
7
월
26
일

귀신같다. 장마 끝나고 어제부턴가 7월 말과 8월 초 휴가철 폭염이 시작되었다. 밤에도 열대야. 사실 한여름 같은 무더위야 5월에도 심심치 않게 겪었으니 7월 말 더위가 새삼스러울 까닭은 없다. 그래도 삼복더위 기세가 대단해서 사방에서 아우성이 들린다. 미쳐요, 땀으로 목욕했다니까, 아무것도 하기 싫습니다, 못 살아, 숨 쉬는 것조차 힘들어요…

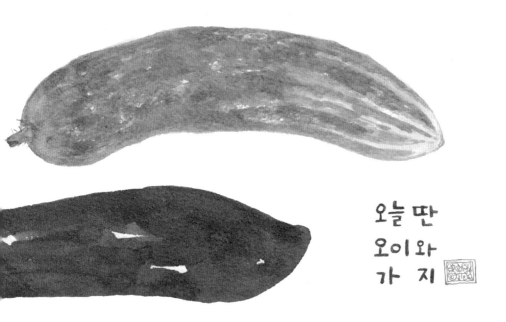

오늘 딴
오이와
가 지

오늘은 중복中伏이다. 삼복 불볕더위건 뭐건 이슬 내린 이른 아침 밭은 싱그럽기 그지없다. 해 뜰 때 맞춰 나가지 못하고 일곱 시 전후에만 나가도 아침 밭의 싱그러움을 온전히 누리기에 부족함이 없다. 절로 고마운 마음, 아니 축복을 받는 느낌이 든다. 고구마순이며 옥수수잎, 연둣빛 어린 열무잎에 이슬 홑이불이 덮여 있다.

이제 아주까리는 나보다 크다. 훤칠하다. 얼마나 더 클까. 나를 무등 태울 만큼은 크렴.

깻잎을 따려면 텃밭 여기저기를 돌아다녀야 한다. 작년 씨앗에서 절로 싹 터 나온 이 녀석들은 살 곳을 스스로 정했다. 가지 두둑 사이 고랑, 얼룩강낭콩 자리, 방울토마토 곁, 고구마 고랑 가장자리, 청갓 밭고랑…. 홀로 또는 여럿이 어울려 제멋대로 씩씩하게 잘 살고 있다.

숨어 있던 오이를 찾았다. 보면 웃음이 절로 나는 토종 오이. 한 살림 토종 오이는 보통 오이보다 짧고 뭉툭하다. 무슨 오이가 저래? 싶은 생김새를 하고 있는데, 못생긴 것이 아니라 사랑스럽다. 맛은? 생긴 값을 한다. 맛이 아주 좋다. 오이 맛이 본디 좀 심심한 편에 든다면 이 작달막하고 통통한 토종 오이는 진하고 깊은 맛이랄까. 특히 이 오이는 봄에 모조리 냉해를 입은 토종 오이 모종들 중 그나마 덜 상한 것으로 딱 하나 남긴 모종에서 자란 것이라 더 애틋하다. 냉해 영향은 열매에도 나타나 예년에 비해 덜 통통하고 덜 달린다. 작년에 갓 딴 토종 오이를 처음 한입 베어 물고는 깜짝 놀랐더랬다. 오이가 이렇게 맛있다니! 하고.

여름 아침 텃밭에서 두세 시간쯤은 금세 지나간다. 분꽃은 날이 환하니까 꽃잎을 또 꼬옥 닫아걸었다. 홍.

오늘은
이만큼

땅은 거짓말을 안 해요

● 7월 28일

전국에 폭염경보 발효 중이다. 간밤에 간만에 모기 한 마리 때문에 잠을 설쳐 아침에 일찍 못 일어나고 여덟 시에야 밭에 갔다. 이슬은 진즉 걷혔고 이미 해가 쨍쨍하다. 텃밭을 딱 마주한 순간 무언가 달라져 낯선 느낌이 들었다. 엊그제 본 뒤로 확 더 커버린 옥수수들 때문이다. 나중에 추가로 심은 옥수수 모종들이 어느새 이렇게나 자라서 기쁘게 나를 압도한다. 숲을 마주하는 느낌을 준다. 또다시 옥수수에 벌레 좀 들끓으면 어때. 이렇게나 청청 푸른 기운을 듬뿍 안겨주는 걸. 그걸로 이미 제 몫을 어지간히 하는 것이지. 열매가 전부인 것은 아니니까.

가지도 수상하다. 한 녀석이 아래를 향해 달리지 않고 거꾸로 하늘을 향해 솟구쳐 있다. 그런 상태로 자라고 있는 거야? 중력에 저

항하다니 어마어마하구나. 통통한 가지 엉덩이를 툭 쳐준다. 오이 두 개 따고, 우거진 깻잎 순을 정리한다. 들깨는 곁가지가 많이 달리는데 이것을 적절히 따주어야 깻잎이 크고 실하게 자란다. 그대로 두면 잎들이 다 고만고만한 잔챙이로 머문다. 바질과 고추도 수확. 여덟 시부터 아홉 시 반까지 따고 뜯고 다듬고.

텃밭 농장에 나 혼자 있는 줄 알았더니, 스윽 하고 소리 없이 흰머리 할머니가 나타나 깜짝 놀란다. 그림책 주인공 같으신 분이 처음 보는 나를 보고 방긋 웃으신다. 나도 따라 웃을 수밖에. 그런데 누구셔요?

맞다! 옆 텃밭 농부가 텃밭을 하는 이유 중 하나가 어머니가 좋아하셔서라고 했지. 그 엄마시로구나. 아들하고 똑같이 생긴 어머니는 집에서 텃밭까지 운동 삼아 30분쯤 걸어오신다고요. 요즘 아침 아홉 시면 이미 더운데 걸을 만하신지 여쭈니까, 그러니까 오지요, 하신다. 오는 길이 다 땡볕 아래가 아니고 가로수 푸른 그늘 아래를 한참 걷고 하니까 괜찮다고. 무릎이 안 좋아서 살살 걷고, 텃밭에 와서도 들고 갈 수 있을 만큼만 고루 조금씩 수확하신다고. 그러면서 추임새처럼 덧붙이는 말씀이 '땅은 거짓말을 안 해요'.

어머니 운동도 하게 하고, 직접 수확한 작물로 제철 밥상을 차리는 기쁨도 누리시도록 소박하고 따뜻한 텃밭을 기획한 아들의 마음씨가 엿보인다.

내 옆 텃밭엔 아들과 엄마가 상기된 낯빛으로 따로따로 왕래한다. 우리 텃밭엔 우리 엄마가 오진 않지만 괜찮다. 나한테는 텃밭이 엄마이기도 하니까. 좋은 먹을거리를 날마다 내어주고, 또 다른 많은 것들을 아낌없이 베푸니까.

날이 종일 뜨거워서 일부러 저녁 일곱 시 지나서 텃밭에 갔는데도 습하고 덥다. 모기도 어서 옵쇼, 하며 달려든다. 그 기세에 밀려 호박과 오이와 가지만 따고 얼른 도망 나온다.

이렇게 대단한 날씨의 습격 와중에도 옆 텃밭 농부는 퇴근길에 들러 얼굴에 땀을 비 오듯 흘리며 여름 배추에 좋다는 약을 치고 있다. 어제 뵌 흰머리 어머니의 아들. 좋아하지 않으면 할 수 없는 도시텃밭 농사. 존경합니다. 진짜 농부시네요. 저는 도망갑니다.

예년과 달리 어쩌다 하나씩 달리는 애호박을 큰언니에게 주러 가는 길. 이 호박은 지난 봄 냉해 입은 호박 모종 중 딱 하나 남겨둔 것에서 자란 귀한 것이다.

아파트 승강기에 음식 배달 기사와 함께 탔다. 햇빛을 가리려 온

171

몸 까맣게 뒤집어쓴 복장. 얼마나 더울까. 남들 먹이느라 수고 많으시네요, 하니까 겸연쩍어하며 고맙습니다, 한다. 맨정신으로 견디기 힘든 한여름 삼복더위의 날들이다. 아무것도 하고 싶지 않아지는 날씨. 밭에 모기와 가로수 매미는 암시랑토 않다. 호박 배달을 마치고 잠시 아파트 동 현관문 앞에 걸터앉는다. 다시 일제히 시작되는 저녁 매미들의 합창. 여름 오케스트라.

저보다 더 찬란할 수 있을까.

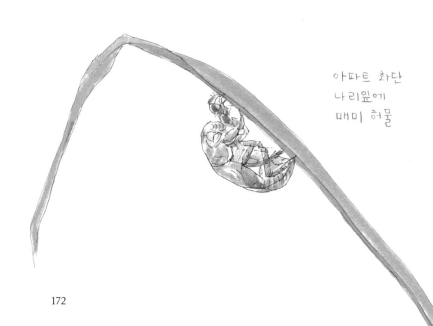

아파트 화단
나리잎에
매미 허물

아침 텃밭에 커다란 분꽃 줄기가 부러져서 쓰러져 있다. 부러진 것이라 세워주고 말고 할 것도 없다. 진즉 묶어주었어야 했나. 언제 묶어줄까 보고 있던 참인데, 먼저 쓰러져 버렸다.

남은 분꽃 여러 줄기를 노끈으로 둥그렇게 둘러서 느슨한 한 덩어리로 묶어준다. 서로 기대고 끝까지 무탈히 버텨내기를. 태풍 영향으로 흐리고 바람도 슬쩍 불고 기온이 30도가 안 되는데도 금세 땀이 흐른다.

큰언니의 깻잎 주문이 들어와서 깻잎을 알뜰히 다 딴다. 오이도 따고, 호박도 한 개 따고, 열매는 안 맺히면서 거침없이 번져나가기만 하는 울타리콩 줄기 좀 쳐내고 집에 돌아온다.

저녁에 텃밭 소식을 사진과 함께 자매 단톡방에 올렸더니 밭 주인 작은언니가 "쓰러진 분꽃 줄기 집에 가져와서 꽃병에 꽂아주지 않고…" 하는 게 아닌가. 그러게, 나는 왜 그럴 생각을 안 할까. 못할까. 돌아보니 쓰러져 있던 분꽃 줄기를 깻잎 딴다고 콱 밟은 생각도 난다. 일부러 그런 것은 아니다.

저녁밥을 하다 멈추고 어두워지기 전에 밭에 간다. 자가용이 없었다면 포기했겠지. 자가용이란 내 자전거. 쏜살같이 속도광처럼 실비 오는 거리를 내달려 분꽃에게 가니 어머나, 부러져 쓰러진 채로도 저녁이라고 꽃잎을 다 펼치고 있는 분꽃들 좀 보세요. 날이 종일 흐리고 비 와서 시들지 않았다. 자전거 뒤 짐칸에 가로로 누이고 끈으로 둘러서 고정하여 싣고 다시 빗속을 달려 집으로 온다. 왕처럼 모시고! 꽃병에 길쭉길쭉 여전히 싱싱한 분꽃 줄기들을 꽂으니 작은 숲이다. 분꽃 향기 그윽한.

쏜살같이 달리는 것은 내 자전거만이 아니다. 시간이 어느새 쏜살같이 흘러 7월 하고도 마지막 날이라니 기가 막힌다. 나쁘지는 않다. 시간은 흐르는 강이니까. 밭에 나가 땀 흘려 일을 하고 집에 돌아와 집에서 할 일을 또 하는, 평범한 오늘 하루가 꽤 괜찮게 느껴진다. 더구나 7월의 강 끄트머리에 툭 부러져 쓰러진, 왕 같은 분꽃 줄기를 무사히 집에 모셔 왔으니 더 기쁜 날이 되었다. 굉장한 날이다, 오늘은.

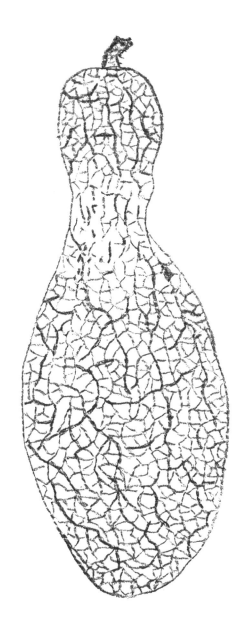

하염없이 매달려 있었다.

여름은 내 것이었지.

덥지 않았고

외롭지도 않았어.

나는 자유.

푸른 오이를 따지 않고 밭에 그대로 두면

늙은 오이, 노각이 된다.

전혀 다른 사람 같다.

노각의 무늬를 하나하나 선으로 긋고

한 칸 한 칸 색을 칠해나가니

어떤

그물을 깁고 있는 것 같다.

여름 뙤약볕과 장마,

밤과 낮,

아침 이슬,

익어가는 오이의 고요한

생명의 춤을 슬쩍

엿보는 것 같다.

노각이라는

작은 우주의 춤을.

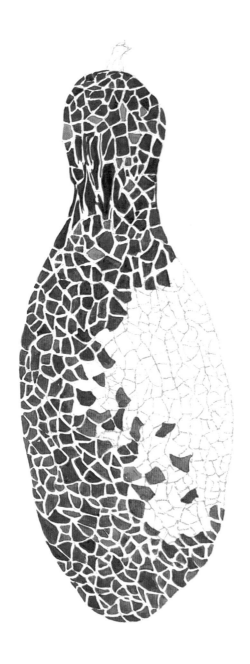

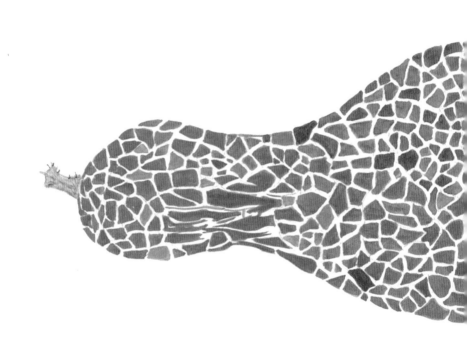

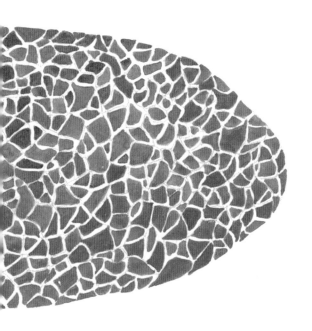

늙은오이, 自由

모기불 피우고

● 8월 6일

저녁인데도 밖에 나가는 순간 헉하고 숨 막히게 하는 습도가 달려든다. 내일이 가을 기운이 들어선다는 입추立秋인데, 가을은 무슨.

농장 사장님은 얼굴이 벌겋고, 땀으로 셔츠가 등에 붙었다. 옆 텃밭 농부도 땀을 줄줄 흘리며 별일 아닌 듯 아무렇지 않게 일하고 있다. 우리 텃밭은 아니 뭔 일이래, 금방 자라게 한다는 질소 비료를 준 것도 아닌데 이틀 만에 옥수수 키가 몰라보게 또 컸다. 어째 키만 줄창 크는 느낌이다. 가지는 또 언제 저렇게 많이 달렸지?

고추도 딸 게 수두룩하구나. 깻잎이야 두말하면 잔소리. 우리 부추는 보통 부추 같지 않고, 뭐 먹잘 게 있을까 싶게 바늘보다는 두꺼운 정도로 가늘다. 어쨌든 쑥쑥 키가 커서 밑동 가까이 바짝 잘라줬더니 부추 아니랄까 봐 잘라준 뒤로는 눈에 띄게 더 잘 큰다.

부추는 잘라주면 더 잘 자란다. 오래전 옛집 부엌에서 밥 짓던 엄마가 부추 잘라 오라고 하면 장독대 옆 부추한테 종종종 가서 부추를 썩 베어다 대령하곤 했다. 며칠 전에 잘랐는데 또 그만큼 자라 있어서 신기해했지.

저녁이라고 모기가 달려든다. 이때 쓰려고 챙겨둔 달걀판을 가져와 모깃불을 피운다. 달걀판에 불이 붙으면 불꽃은 얼른 끈다. 그러면 달걀판은 불씨로만 천천히 잦아들 듯 타면서 푸르스름한 연기를 계속 피워 올린다. 다른 분이 하는 것을 보고 따라 하게 되었는데, 재미있다. 이 소박한 모깃불만
있으면 온몸에 모기 쫓는 약을
분사하지 않아도 된다.
연기 냄새도 그럴싸하다.

봄에 냉해 입은 호박 모종들 갈아엎을 때, 그중 나은 것으로 하나 남겨두었던 모종이 어지간히 살아남아서, 나 여기 살아 있소, 하고 잊을 만하면 하나씩 애호박을 선보인다. 그런데 냉해를 한 번 입은 녀석들은 살아남아도 그 후유증이 남는다고 한다. 무엇보다 열매가 덜 달린다. 또 오늘처럼 얼굴이 얽은 애호박이 달리기도 한다. 이렇게 얽은 호박은 처음 본다. 얼굴이 얽은 사람을 예전엔 곰보라고 했지. 고약한 날씨에 호박이 맺혀도 얼마 못 견디고 떨어져 버리기 일쑤인데, 이렇게 무사히 자라서 굳건히 달려 있으니 우리 호박 훌륭하다. 곰보 아니다.

이것저것 조금씩 따고, 뜯고, 우거진 데 가지 좀 쳐주고 했더니 내 등짝도 금세 땀범벅. 모기와 무더위에 쫓겨 얼른 퇴청이다. 옆 텃밭 농부가 벌써 가요? 한다. 모깃불 피우고 싶어서 왔구나, 하겠다. 자전거 타려고 자물쇠를 푸는 그 짧은 틈에도 위잉~ 하고 모기 달려드는 소리. 아유, 무서워라.

어제와 그제 이틀간 폭우가 내렸다. 수도권과 중부 지역에 무려 130년 만의 기록적 폭우란다. 전철을 타려고 지상 플랫폼에 서 있는데 플랫폼 지붕을 때리는 거센 빗소리에 귀가 먹먹해졌다. 그런 무시무시한 소리는 처음 들어보았다.

무서운 비가 일단 멈췄다. 이 물난리에 텃밭도 온전하지는 못하겠지. 아침에 자전거 페달을 힘껏 밟아 밭으로 가다가 끼익 하고 급정거한다.

안 봤으면 모를까, 봤는데 그냥 지나칠 수 없다. 매미 한 쌍이 길에서 짝을 짓고 있다. 옆에 있는 가로수 느티나무에서 눈 맞아 내려왔을 법한데 장소가 너무 위험하다. 사랑을 하려거든 좀 안전한 데서 하지 않고 통행이 많은 큰길가에서 그러고 있어. 하기야 사랑

에 눈멀었으니 딴 게 보이겠냐만. 당장 내 자전거 바퀴도 하마터면 너희를 짓밟을 뻔했잖아. 위험하다고 짝짓기 중인 매미들을 어디 안전한 데로 옮길 수도 없는 노릇. 내가 인간 방패 노릇을 하는 수밖에.

방금도 오토바이가 지나갔다. 식겁해라. 매미들의 사랑을 방해하지 않도록 너무 가까이 서 있지는 않고 적당히 떨어져서 오가는 행인들을 경계한다. 강아지와 함께 가는 사람, 유아차 밀고 가는 할머니, 양손에 보따리를 잔뜩 들고 가는 사람, 샌들과 슬리퍼 신고 떠들며 지나가는 청소년 4인방, 캐리어 끌고 가는 사람, 사람, 사람, 자전거, 오토바이….

서 있는 나에게 누가 바짝 다가오거나 하지 않으니 매미들도 안전하다. 이 녀석들, 꽁무니가 맞붙은 채로 잠자코 있는 것이 아니다. 조금씩 이동하는데 신통하게도 안전한 나무 쪽으로 향한다. 짝짓기를 언제 마칠지는 알 수 없다. 물어볼 수도 없고.

긴 시간 땅속에 있다가 땅 밖으로 올라와서 아슬아슬 제 허물 밖으로 무사히 빠져나와 온몸으로 울다 마침내 맞이했을 짝짓기. 이 극적인 여정의 정점에서 인간에게 허망하게 짓밟혀 죽게 할 수는 없지. 부디 무탈하여라. 나는 기쁜 매미 지킴이 자원 활동가.

언제나 끝나나, 착실히 보초를 서다 문득 돌아보니 붙어 있던 둘이 마침내 떨어졌다! 곧이어 두 매미 중 큰 녀석이 찌~ 하고 울며 허공으로 날아올라 사라지고, 작은 녀석은 뭔가 신중한 태도로 움직임 없이 그대로 있다. 이 녀석이 암컷일까? 새끼 씨앗이 몸에 들어와서 조심하느라? 이제 어딘가로 알 낳으러 가겠지? 하는데, 날아오른다! 바로 앞에 있던 나무 말고 그 앞 나무로 날아가 나무 줄기 높은 곳에 앉는다. 방금 짝짓기를 마친 암컷 매미의 몸이 아침 햇빛에 검은 실루엣으로 또렷하게 보인다. 어떤 경이로움이 암컷 매미가 날아 앉은 나무와 바라보는 나 사이에 흐른다. 40여 분만에 상황 종료. 아니, 종료가 아니라 새로운 시작.

짝짓기 하는 매미 지킴이 노릇을 하고 나니 새삼스레 궁금해진다. 아까 날아간 수컷은 앞으로 얼마나 더 있다 세상을 떠나게 될까. 짝짓기를 마쳤으니 더는 울지 않을까? 이제 삶이 다 끝난 것인가? 또 암컷은 방금 날아가 앉은 저 길가 느티나무 나무껍질에 알을 낳겠지? 알을 슬어놓고는 미련 없이 생을 마치는 것인가. 미련이라는 말은 인간 종만이 쓰는 말이겠지. 참나, 텃밭에 가다 말고….

중차대한 임무를 완수한 뒤 큰물 지나간 텃밭에 도착한다. 분꽃이 다 쓰러졌고, 이번엔 치명상이다. 분꽃은 쓰러졌다 하면 특성상 뿌리에 가까운 마디가 툭 부러져 버린다. 회생할 수 없게. 분꽃은 그동안 고마웠어요. 내년에 또 만납시다. 고추와 가지 줄기들도 지지대와 줄을 쳐주었어도 심하게 기울었고, 가지가 꺾이기도 했다.

다른 작물들은 건재하다. 부추는 한번 잘라준 뒤로 아주 싱그럽게 잘 자란다. 꽃이 따로 없다. 깻잎을 따면서 보니 다 자란 것을 제때 따주지 않으면 어린잎들 자라는 데 방해가 된다. 한마디로 걸리적거리는 존재로 전락한다. 저 스스로도 잎이 너무 커서 접히거나여러 잎들 사이에서 치인다.

아주까리는 이제 그 푸른 기상이 하늘을 찌른다. 딱히 먹거나무엇에 쓸 생각 없이 순전히 기억 때문에 심은 아주까리. 이 아주까리가 잘 자라는 것을 보는 것이 왜 이리 좋을까. 기억이라고 하지만 별것도 없다. 어렸을 때 시골 옛집 마당가 텃밭, 같은 자리에늘 서 있던 아주까리. 그게 전부다. 돼지막 옆 그 자리에 해마다 우두커니, 푸르게 서 있던 아주까리는 시간의 강을 훌쩍 건너 이 텃밭으로 이사 와서 살고 있다.

작고 소박한 텃밭 농사라도 농사는 정확히 기후변화와 함께 간다는 걸 몸소 배우고 있다. 그 모든 날씨들의 영향을 정직하게 받아제 몸에 새기는 텃밭. 그러니 불평도 불만도 없다. 파란 하늘 흰 구

름은 지금 시치미를 뚝 떼고 있다. 세찬 비, 그 큰물이 온 세계를
집어삼키려 들던 그제와 어제의 상황을 전혀 알지 못한다는 듯.

아주까리 열매 송이. 열매 겉에 달린 가
시는 생김새만 가시처럼 뾰족할 뿐 까
슬까슬 보드라운 털 같다. 갈색으로 다
여물었을 때에도 꺼끌거리는 정도이지
'가시'는 아니다.
이 둥그런 집 속에 아름다운 씨앗이 세
개씩 들어 있다.

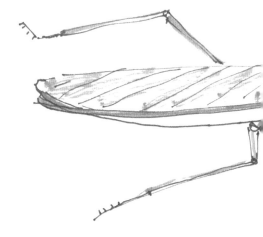

내가 가위로 막 싹둑싹둑

잘라서 쳐내고 있던

울타리콩 넝쿨에

그린 듯이 앉아 있는 사마귀.

완벽한 보호색을 하고 있었다.

하마터면!

그 위용에 흠칫 놀란다!

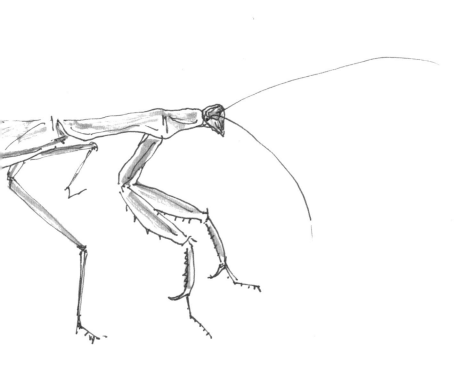

옥수수 푸른 잎사귀에 뜻밖의 단풍이 들었다.
입추 지났다고?

x

194

신기하게도 입추 지나고 공기가 달라졌다. 여전히 무덥지만 전처럼 견디지 못할 정도는 아니다. 가을빛이 깃들고 있는 것이다.

텃밭에 아욱은 진즉 쇠었다. 이따금 새로 올라오는 잎을 따기도 하는데 양이 얼마 안 된다. 아욱은 씨를 따로 받지 않고 그대로 두었다가 가을밭 만들 때 다른 작물들과 함께 정리한다. 그러면 절로 떨어진 아욱 씨앗에서 새 아욱 싹이 가을밭 여기저기에 쏙쏙 올라오기도 한다. 봄에 그러했듯이!

첫물 옥수수는 노린재에게 거의 바치다시피 했다. 씨를 뿌렸으나 제대로 싹이 트지 못한 바질과 고수 밭에 두 번째 옥수수 모종을 심은 것이 6월 15일. 하지감자 수확한 자리에 세 번째로 심은 것은 7월 초. 옥수수는 보통 봄에 심고 석 달쯤 지나면 익는데, 여름에 심으면 성장이 빨라서 두 달 만에 따 먹을 수 있다. 작년에 해 보니 그렇다. 나는 옥수수 마니아가 아니다. 다만 텃밭에서 갓 딴 옥수수를 바로 솥에 쪄서 먹어본 뒤로 해마다 옥수수를 심고 있고, 봄에 한 번 심는 데 그치지 않고 빈자리가 나오면 자꾸 더 심게 되었을 뿐이다. 그뿐이다.

옥수수는 수확한 뒤 바로 삶아 먹으면 정말 맛있다. 옥수수는 맛이 심심한 편인데, 따서 바로 삶으면 아주 맛있는 심심한 맛의 진수를 경험할 수 있다. 이 맛은 물리지도 않아서 보이는 대로 하염없이 먹게 된다. 그런데 이 독보적인 옥수수의 맛은 수확 후 시간이 지날수록 급속도로 뚝뚝 떨어진다. 그러니 수확한 뒤 얼른 먹어주어야 잘 자라준 옥수수에 대한 예의를 지키는 것이랄까. 자, 이제 우리 두 번째 옥수수는 딸 만한가? 옥수수수염이 거무스레하게 꼬실라져야 딸 때인데, 수염이 아직 붉다. 옥수수는 나를 기다리게 한다.

봄에 냉해를 입은 토종 오이는 뒷심을 발휘하고 있다. 더디어도 꾸준히, 특유의 짧고 뭉툭하고 맛 좋은 오이를 한두 개씩 내놓고 있다. 대견하기 짝이 없다.

들깨는 어느새 내 허리춤을 지나 가슴께 가까이 닿을 만큼 키가 자랐다. 언제 이렇게 컸지? 어색하고 흐뭇하다.

고추 두 그루는 갑자기 고사 직전에 있다. 까닭이 있겠지. 이웃 텃밭 농부들에 따르면 곰팡이병이 돈다고 했다. 다른 한 그루도 까무룩 시드는 기색이다. 안쓰럽지만 일단 시들기 시작하면 어쩔 도리가 없다.

방울토마토는 맛이 더 들었다. 밭에 갈 때마다 발갛게 익은 것이 보이면 그때그때 따 먹는데, 그동안은 맛이 좀 싱거웠다면 이제는 썩 달다. 여문 햇살 맛인가?

호랑거미들이 집을 짓기 시작했다. 오이 넝쿨 뒤편에 한 채, 커다란 가지 줄기들 사이에 한 채. 가지 줄기 사이의 집은 거미줄이 단일하지 않고 입체적이다. 몇 겹으로 지어서 성채 같기도 하다. 이 속 깊은 '캐슬'에 가여운 꿀벌 한 마리 속절없이 붙들려 있고, 그 벌보다 몸통이 작은 주인장 호랑거미가 위협적인 긴 다리를 뽐내며 먹이 곁에 진을 치고 있다. 올해도 오셨네요, 거미. 어서 와요. 함께 또 살아봅시다.

고구마순 김치를 한 번 더 담그려고 고구마순을 딴다. 다시 우북하게 정글을 이룬 고구마 넝쿨을 들어 올리는데 손에 뭉클하고 무언가 폭신한 것이 닿는다. 전 같으면 소스라쳐 줄행랑쳤을 텐데 이제는 귀여워할 수 있게 된 고구마 애벌레. 포동포동 어여쁘고 내 검지보다도 크다. 어떻게 이렇게 생길 수 있을까. 바로 눈앞에 보고 있어도 비현실적인 자태. 이것은 그냥 완벽함 자체가 아니고 무엇이란 말인가. 꽁무니 쪽에 달고 있는 유니콘 뿔 같은 가시는 압권이다. 공갈빵 말고 공갈 뿔. 스스로를 지키려고 달고 있는, '가시'이기는커녕 보드랍기 짝이 없는 어여쁜 귤색 뿔이 정말 무섭구나, 애

벌레야. 그 어떤 사나운 새라도 너를 사냥하러 달려들다 네 무시무
시한 뿔에 식겁하여 달아나지 않을 수 있을까!

고구마순에 기거하는 박각시 애벌레.
꽁무니의 보드라운 가시가 깜찍하고 잔망스럽다.

날이 어두워져서 세 두둑 고구마순을 다 따지 못하고 멈춘다. 나머지는 내일 따면 된다. 달걀판 모깃불이 사그라든 틈을 놓치지 않고 친애하는 모기가 얼굴로 달려든다. 이러지 말고 저리 가, 나는 고개를 흔들며 손바람으로 모기를 쫓아낸다.

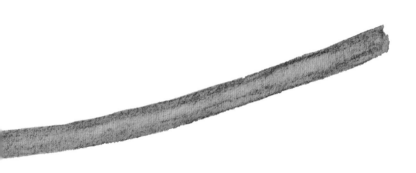

이젠 비가 와도 그냥 비가 아니라 폭우가 다반사다. 어제 오후 어, 또 비가 오네? 하는데 곧이어 아열대 스콜 같은 폭우로 변하더니 잠깐 소나기가 아니라 두어 시간 가까이 미친 듯이 쏟아졌다. 동네 개천은 이제 걸핏하면 범람이다. 길 가던 행인은 순식간에 옷이 쫄딱 젖는다.

오늘은 화창하게 날이 갰다. 놀랄 것도 새삼스러울 것도 없이 폭염주의보 발령도 떴다. 아침 밭에 나와 보니 특별한 피해를 입은 것 같지는 않다, 라고 말하면 거미는 섭섭해할까? 부잣집처럼 풍성하게 달린 검보랏빛 탐스러운 가지를 여덟 개나 따다 보니 문득, 가지 줄기 사이에 펼쳐져 있던 거미의 대저택이 온데간데없이 사라졌다는 것을 알아차리게 되었다. 거미로서는 엄청난 재해일 것 아닌

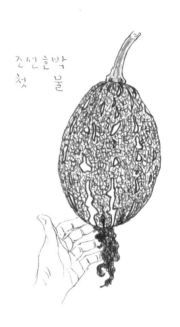

조선호박
첫물

가. 제 몸에서 실을 뽑아 한 땀 한 땀 거미줄을 치는 것이 능숙한 일일 수는 있어도 쉬운 일일 리가 없다…. 거센 비를 피해 어딘가로 잠시 피신했을 호랑거미는 곧 돌아와 집을 새로 보란 듯이 짓기를, 짓고 잘 살기를, 인간은 바랍니다. 우리 둘, 이 텃밭에 세 들어 살기는 도긴개긴입니다.

새로 심은 호박 모종이 무사히 자라 처음 선보이는 조선호박을 딴다. 폭군 같은 날씨에 버티고 살아남았다. 아기 호박이 자라며 연두에서 짙은 풀빛으로 조금씩 색이 짙어지더니 정점에 도달했다. 호박 덩치만큼이나 묵직한 감동이 인다. 옥수수는 어째 내 애간장을 좀 더 태우기로 작정했나 보다. 수염 빛깔이 검어질 동 말 동 아직 붉은 채로 제자리걸음이다. 더 기다려야 한다. 아이고.

볕이 쨍하다. 이웃 텃밭 농부는 쪽파씨를 심고 있다.

텃밭 농장
사장님네 참깨밭에
서로 기대어 있는
참깻단들.
사람이 서로 기대어 있는 것
같기도 하다.
사람 인人 자 처럼.
비 맞지 말라고
파라솔도 세워두셨네.

참깻단은 좋겠다!

●

남의 밭에는 벌써 김장 무 싹이 쏙쏙 올라오고 있다. 느린 나의 텃
밭에는 늦게 심은 옥수수들이 천천히 익고 있다. 그중 벌레나 새가
먹고 수염이 거뭇거뭇한 것으로 네 개를 딴다. 옥수수는 껍질이 여
러 겹인데, 한 겹 한 겹 벗길 때 코를 대보면 향긋한 냄새가 난다.
큼큼~ 자꾸 맡고 싶어지는 향기며 촉감이다. 옥수수수염은 또 어
떻고. 밖으로 삐져나와 검어지고 바싹 마른 부분 말고 껍질 안쪽
에 달려 있는 옥수수수염으로 말할 것 같으면 세상에 이보다 곱고
향기로운 머리채는 없을 것이다. 옥수수수염에도 코를 비비지 않
을 수 없다. 오늘 내 코 바쁜 날.

볕이 달라져서 딴 지 이틀이면 다시
따곤 했던 깻잎이 이제는 사나흘 지나

야 딸 만하다. 또 깻잎이 더 이상 부드럽지 않고 좀 거칠고 억세달까? 흐르는 자연은 거짓이 없다.

여기저기 사방에 나 있던 들깨를 상당히 뽑았더니 깻잎 순이 수북하게 나온다. 오늘 나눔 상자에 내놓아야지.

오늘부터 가을밭을 만든다. 상추나 청갓 같은 잎채소를 심고 거둔 땅과, 들깨와 옥수수 일부를 수확한 땅에 거름을 뿌린다. 삽으로 흙을 깊게 파서 뒤엎은 뒤 호미로 덩어리 흙을 곱게 일군다. 마지막으로 고무래로 땅을 고르게 편다. 새로 작물 심을 밭을 만드는 이 일은 조금 고되고 아주 재미있다. 흙 속에서 땅강아지 같은 작은 동물이 튀어나오기도 해서 더 흥미진진. 말쑥한 얼굴을 하고 있는 이 고슬고슬한 밭에 이제 무씨를 뿌리고 배추 모종을 심으면 된다.

가을 도시텃밭은 봄에 견주어 구성이 단순한 편이다. 김장 무와 배추를 주로 심고, 김장 재료에 드는 갓이나 쪽파를 곁들여 심는다. 가을 상추나 아욱 씨를 한쪽에 뿌리기도 한다. 한 자리에서 오

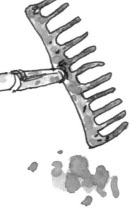

고무래. 흙을 평평하게 고를 때 쓴다.
갈퀴처럼 갈라진 날 부위는 쇠, 기다란 자루는
나무로 만들었다.

랫동안 텃밭 농사를 짓고 계신 분들 중에는 마늘이나 양파 같은 월동 작물과 도라지 같은 여러해살이 작물을 가꾸는 경우도 있다. 봄이나 여름에 심어 늦가을 김장 무와 배추 수확 무렵까지 쭉 같이 가는 작물로는 고구마가 있다. 또 작물 상태만 괜찮으면 호박이나 가지, 고추도 서리 올 때까지 계속 두고 따 먹을 수 있다.

우리 텃밭 고추는 올해 상태가 안 좋아서 곧 다 뽑아내 가을밭을 만들 예정이고, 가지는 괜찮아서 계속 두기로 했다. 늦게 심은 호박도, 일부 남겨둔 들깨도 끝까지 같이 가기로 한다. 하지감자 수확한 자리에 세 번째로 심은 옥수수는 일주일쯤 더 익게 놔두었다가 수확하고 가을밭을 만들 것이다. 더는 못 기다린다.

아침저녁으로 선선하다. 낮에는 여전히 덥지만 습도가 뚝 떨어져
상쾌하다. 살 것 같다. 오늘은 24절기 중 입추와 백로白露 사이에
드는 처서處暑. 더위가 물러나고, 들풀 기운이 누그러지며, 모기는
들어가고 귀뚜라미가 나오는 때이다. 모기 부분은 동의할 수 없지
만 다른 건 대체로 맞다. 기후변화로 날씨가 종잡을 수 없는 와중
에도 공전과 자전의 커다란 틀 안에서 지구가 때맞춰 여름을 누그
러뜨리고 가을을 데려오는 것이 너무나 신비롭고 놀랍다. 텃밭을
오가며 입을 헤 벌리고 감탄하게 된다. 달라진 공기에 가을이 들어
와 있다.

반가운 마음에 내 멋대로 '내 논'이라 부르며 종종 들르는 동네
논에도 벼 이삭이 팼다. 처서는 벼가 익는 시기이기도 하다. 이렇게

계절은 때가 되면 어김없이 돌아와 휘청거리는 만물에 제자리를 잡아준다.

오늘은 텃밭에 어제 사둔 배추 모종을 심고, 밭 한쪽에는 가을 상추와 루꼴라 씨도 조금 뿌렸다. 오후 다섯 시부터 어둑해지는 일곱 시 반쯤까지 밭에 있는데, 일이 재미있으니 일이 아니라 놀이다.

일곱 시가 지나자 어둠이 점점 짙어지는 것이 보였다. 마음과 손은 바쁜데 시간에 쫓기고 모기한테도 쫓기는 그 정신없는 와중에도 생각 꽃이 피어났다. 이 조그만 밭이, 흙이, 나를 조건 없이 통째로 받아주는구나, 하는. 씨를 넣고 모종을 심느라 흙을 계속 매만지는 동안 정작 흙이 나를 어루만지고, 흙과 나 사이 오래된 신뢰의 감정이 모깃불 연기처럼 따스하게 피어났다. 이것이 사랑이 아니라면 다른 무엇일 수 있을까. 이상한 감흥에 젖은 채 모종과 씨앗을 마저 다 심었다.

논둑에 심어진 서리태 콩잎을 따 먹고 있는 새끼 고라니.
먼발치여서 쫑긋 세운 커다란 두 귀만 보인다.
인기척을 느끼고는 풀잎 스치는 요란한 소리를 내며
후다닥 논 한가운데로 달아났다. 어떤 벼도 쓰러뜨리지 않고.

원산지는 '이태리,

8월 24일

어느 때부턴가 더 이상 들리지 않던 꾀꼬리 소리가 오랜만에 들렸다. 아직 떠나지 않은 녀석이로구나. 이제 새끼들이 다 커서 누가 새끼고 누가 어미인지 구분도 안 가겠지. 가을 기운 성큼성큼 스미니 떠나왔던 곳으로 한창 다시 돌아가고들 있을 것이다.

오늘은 무씨를 심었다. 이번에 심는 김장 무씨는 '의성반청무'다. 씨앗 봉투 뒷면에는 원산지가 잇따라 쓰여 있는데 무려 열세 군데, 아니 열세 '나라'다.

1. 한국
2. 호주
3. 뉴질랜드

4. 미국

5. 이태리

6. 덴마크

7. 일본

8. 중국

9. 남아공

10. 칠레

11. 인도

12. 프랑스

13. 네덜란드

이것을 어떻게 해석할 것인가? 예전부터 이 원산지 표기의 의미가 궁금했다. 우리 씨앗인가, 외국 씨앗인가. 옆 칸에 찍혀 있는 5라는 숫자는 혹시 5번 '이태리'가 이 씨앗의 원산지라는 뜻인가. 씨앗 회사에 전화를 걸어 물어본다. 우리 씨앗을 이탈리아에서 대량 채종해 왔다는 뜻이란다. '원산지'라고 표기했는데, '생산지'로 표기하기도 한다. 씨앗 봉투 뒷면에 원산지로 씌어 있는 나라들이 바로 채종 작업을 위탁한 나라들이라는 것. 고추나 무, 배추, 상추처럼 2대 3대로 갈수록 씨앗 발아율이 급격히 낮아지는 작물은 종자 회사에서 채종하여 보급하는데, 기후나 토양 등 종자 생산 조건이 좋은 곳(나라)에 위탁 생산하여 채종한 뒤 씨앗을 국내로 가져와서 보급

한다고.

'의성반청무'는 경상북도 의성 지역의 재래종 무에서 개량된 씨앗이다. 무의 반쯤이 푸르다고 '반청'이라는 이름을 붙였다. 의성에서 나서 대량 채종을 위해 이탈리아까지 갔다가 다시 귀환한, 이태리 물 먹은 우리 무씨. 냉장고에 보관 중인 씨앗 봉투들을 꺼내어 뒷면의 원산지 표시 부분을 본다. 치마아욱과 완두콩은 중국, 쑥갓은 덴마크, 열무는 뉴질랜드, 얼룩강낭콩은 한국… 난감해지는 내 마음. 텃밭에 온 세계가 들어와 있다.

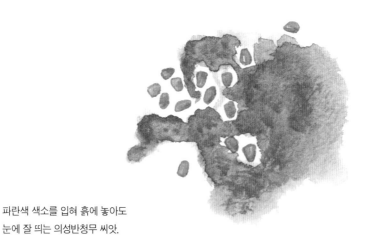

파란색 색소를 입혀 흙에 놓아도
눈에 잘 띄는 의성반청무 씨앗.

오늘 아침 텃밭은 촉촉하기 이를 데 없다. 날씨는 '구름과 해'.

작은언니 부부가 오랜만에 텃밭에 왔다. 작은 형부가 여수 부모님 집에 다니러 갈 참인데, 어머니께서 깻잎 있으면 따다 달라 하셨다고요. 오, 반가운 주문! 우리 텃밭 것으로는 충분하지 않아서 우리 들깨보다 훨씬 풍성한 들깨 주인인 이웃 텃밭 농부님께 미리 부탁을 드렸더니 너무 많아 걱정이라고, 마음껏 따라고 흔쾌히 허락해 주셨다. 고맙습니다.

작은 형부는 깻잎을 가위로 한 잎 한 잎 조심스레 딴다. 나는 속으로 크크크 웃는다. 작은언니와 나는 텃밭에 있는 모든 싱싱한 것을 보내 드리고픈 마음이 되어 얼마 안 되지만 가지를 따고 오이를 따고 고추도 다 따고 새로 자란 고구마순도 따서 곱게 단으로

묶고 한다. 기쁘다. 남도 여수 어르신들이 경기 북부 도시텃밭의 소
박한 푸성귀들을 반기시기를 바라며.

　심은 지 일주일 지난 배추 모종이 잘 자라고 있다. 무 싹도 올라
왔다.

가위는 텃밭 갈 때 호미와 함께 늘 갖고
다닌다. 작물 수확하고 갈무리할 때 흔히
쓴다. 그래도 깻잎은 손으로 따지, 가위
를 쓰지는 않는다. 보통은.

뽑고 널고 말리고
더할 수 없게 좋아 기쁘구나

농장 사장님네 고추에 탄저병이 와서 그 많은 고추를 다 뽑아 옆으로 뉘어놓으셨다. 속이 속이 아니시겠다.

우리 고추도 새로 두 그루가 까무룩 시들어 있다. 남아 있는 두 그루도 시원찮다. 내일은 고추를 다 뽑아내고 가을밭을 만들어야겠다.

감자 싹이 그랬던 것처럼 무 싹이 흙을 밀고 올라오고 있다. 작은 우주가 태어나는 모습이 정지화면처럼 눈앞에 있다. 굉장하다.

배추 모종이 이틀 만에 훌쩍 많이 자라 있어서 놀란다. 약간 무섭다!

힌남노라는 역대급 태풍이 올라오고 있다. 뉴스 화면에 나오는 제주 서귀포항 방파제 뒤로 파도 높이가 40미터까지 솟구쳤다 하고, 한라산 윗세오름에는 비가 690밀리미터나 내렸단다. 백록담에 빗물이 그득하게 차올랐을까, 나는 한가한 상상이나 하고 있다. 수도권은 이 태풍의 영향을 덜 받는 지역이라서 실감을 못 하고 있다.

오후 다섯 시에 텃밭에 들르니 아주까리가 쓰러져 있어서 일으켜 세워놓았다. 비보다는 바람 탓이다. 오늘 밤과 새벽이 태풍 고비라니 지켜보는 수밖에.

세 번째로 심은 늦옥수수를 누군가 어지간히도 쪼아 먹었다. 멀쩡한 옥수수가 반, 쪼아 먹힌 옥수수가 반. 마침 농장 사모님이 농막에서 나오시길래 대체 누가 이랬을까요? 하고, 꼭 정답을 기대하

217

는 것은 아닌 질문을 드리니까 사모님도 알 수 없지, 근데 찍새 아닐까? 하신다. 찌익찌익 운다고 사모님이 찍새라고 이름 붙인 새. 어쩌면 늘 시끄럽게 울고 자주 눈에 띄는 직박구리 아닐까? 까치도 유력한 후보. 딱새는 아니다. 그 귀여운 작은 새에게는 너무 큰 옥수수니까. 범인이 누군지 알아낸들 별수도 없지만 그냥 상상해 보는 것이다. 옥수수자루에 비스듬히 날아 앉아 단물 오른 옥수수 알갱이를 맛나게 쪼아대는 기쁜 범인의 모습을.

태풍이 지나가고 맑고 뜨거운 날이 밝았다. 옥수수를 수확하고 가을밭을 만들러 나갔더니 키 큰 옥수수들이 일제히 텃밭 농장 길 쪽으로 자빠져서 통행을 방해하고 있다. 넘어 다녀야 한다! 간밤에 태풍 비바람이 다녀가서서 어느 정도 예상은 했다. 큰절하고 있는 듯한 옥수수들의 모습에 실실 웃음이 새어 나온다. 가지 줄기들도 심하게 기울어 있다. 오늘 바쁘겠다.

흙이 질어서 옥수수 뿌리에 달린 흙덩이의 흙을 떼어내는 일이 고역이다. 다리며 팔뚝에, 안경알에도 젖은 흙이 튀고 난리다. 마침 내 세 이랑 옥수숫대를 다 뽑아내 갈무리하고 나니 밭이 훤하다. 뻥 뚫렸다! 옥수수가 서 있을 때는 시원한 숲 같더니 옥수수가 사라지자 김제 만경 들판 같구나. 땅이 질어서 오늘은 퇴비만 부어놓는다. 땅이 좀 마른 뒤에 배추 모종도 심고 무씨도 뿌려야지.

너무 우거져 어느 가지가 어느 가지인지 모르게 엉킨 가지 나무의 가지치기도 한다. 손으로 잎을 따고 가위로 싹둑싹둑 가지를 자르고. 가만, 너무 쳐냈나? 옛날식 상고머리로 이발한 남자아이 같네. 가지 두둑도 백만 년 만에 훤해졌다. 진즉에 해줄걸.

오이와 호박 넝쿨 지지대 뒤쪽 비탈에 호랑거미가 집을 짓고 있다. 지지대 꼭대기에는 빨간 고추잠자리가 앉아 있다. 가지 가지치기할 때는 사마귀가 그 특유의 역삼각형 얼굴로 정확히 나를 노려보았다. 우리는 눈이 마주쳤고 먼저 피한 것은 나였지? 엊그제인가 옥수수잎에 앉아 있더니 가지로 자리를 옮겼구나.

오늘 딴 가지로는 저녁에 가지밥을 해 먹을까?

까마중잎에 생전 처음 보는 무당벌레가
뽈뽈뽈 기어 다닌다. 너는 어디서 왔니?

오늘은 24절기 중 백로다. 일교차로 '흰 이슬'이 풀잎에 맺히는 때. 텃밭에 들렀다 어둑해져 귀가할 때면 농장 사과나무 아래 세워둔 자전거 안장에도 언제 오셨는지 촉촉하게 이슬이 앉아 있다.

오늘은 가을밭 만들기 마지막 작업으로 오이와 호박 넝쿨을 거두고 지지대를 철거한다. 호박 넝쿨은 상태만 양호하다면 늦가을까지 그대로 두고 계속 호박을 따 먹는데, 올해는 좋지 않아서 일찍 철거하기로 한다. 지지대는 내년에 다시 쓰려고 모아서 창고에 갖다 둔다.

텃밭 농사에는 일 모자와 토시도 일등 공신들이다. 목까지 가려주는 일 모자가 없었다면 얼굴이며 목이 새까맣게 탔으리라. 토시를 하지 않고 팔을 드러낸 채 일을 하다가는 타는 것도 문제지만 팔에 풀독이 오르고 여기저기 긁힌다. 모기에도 더 잘 뜯기고! 모자와 토시는 텃밭 농사 복장에서 거의 영의정 좌의정 감이다. 오늘 여전히 뜨거운 볕 아래 일하다 보니 새삼 고맙다. 감정이 없는 사물에도 동지애 비슷한 것을 느끼고 난리구나.

오이와 호박 넝쿨이 넉 달쯤 머물렀던 땅을 호미로 일구는데 여기저기서 굼벵이가 튀어나온다. 반가워하면서 얼른 다시 흙 속에 넣어준다. 놀랐지? 너희는 무엇이 될까. 여기 흙은 보들보들하고 좋다. 흙냄새도 구수해. 정오 가까운 환한 대낮에도 풀벌레가 운다. 생명의 노래.

해가 좀 뜨겁다 싶을 때는 들깨 그늘로 잠시 피한다. 그래도 이제 여름 햇빛은 아니다. 결이 다르다. 오이와 호박 넝쿨까지 정리하고 나니 텃밭이 진실로 훤해졌다.

오후 늦게 밭에 다시 나가 퇴비를 고루 섞어놓은 밭에 무씨를 뿌리고 그 아래 비탈에는 청갓과 아욱 씨를 뿌렸다. 흙에서 굼벵이가 또 나와서 물끄러미 한번 보고 다시 흙 속에 넣어주고. 컴컴한 저녁이 이슬을 데리고 금세 왔다. 하루 종일 밭에 있는 것 같은 하루다. 발은 땅을 디디고 손은 흙을 어루만졌다. 이보다 더 좋을 수 있을까.

씨 뿌리는 사람.
태풍 지난 뒤 밭을 갈고 청갓씨를 직파하는
텃밭 농장 사장님.
씨앗이 너무 작아서 흙과 섞어 뿌린다.

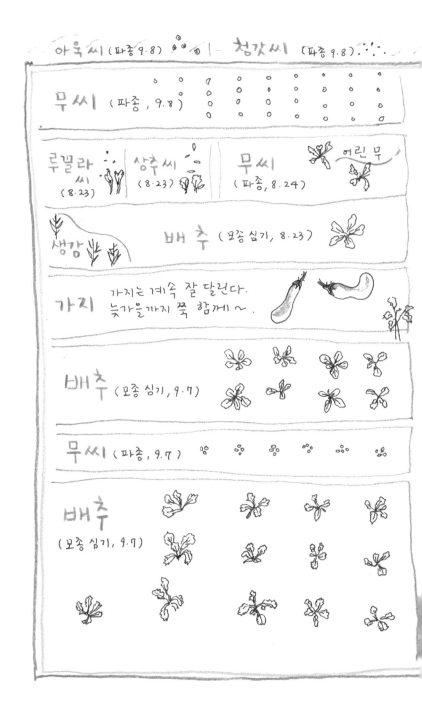

가을 텃밭 작물 지도

아욱씨 (파종 9.8)　청갓씨 (파종 9.8)

무씨 (파종, 9.8)

루꼴라 씨 (8.23)　상추씨 (8.23)　무 (파종, 8.24)　어린 무

생강　배추 (모종 심기, 8.23)

가지　가지는 계속 잘 달린다. 늦가을까지 쭉 함께 ~

배추 (모종 심기, 9.7)

무씨 (파종, 9.7)

배추 (모종 심기, 9.7)

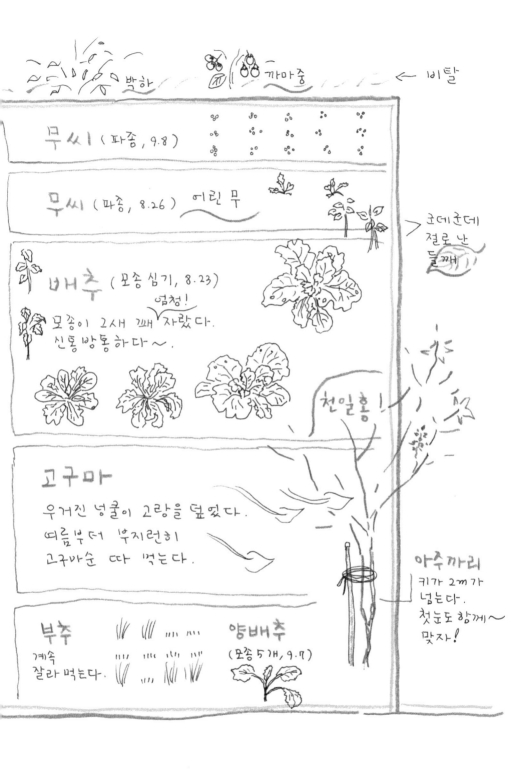

박하

까마중

← 비탈

무씨 (파종, 9.8)

무씨 (파종, 8.26) 어린 무

군데군데
절로 난
들깨

배추 (모종 심기, 8.23)
엄청!
모종이 2새 깨 자랐다.
신통 방통하다 ~ .

천일홍!

고구마

우거진 넝쿨이 고랑을 덮었다.
여름부터 부지런히
고구마순 따 먹는다.

아주까리
키가 2깨가
넘는다.
첫눈도 함께 ~
맞자!

부추
계속
잘라 먹는다.

양배추
(모종 5개, 9.7)

보통 애호박 넝쿨은 서리 올 때까지 그대로 두고서 계속 애호박을 따 먹는다. 올해는 호박 농사가 잘 안 되어서 일찍 정리하고 무씨를 뿌렸다. 고추도 늦가을까지 두면 좋을 텐데, 탄저병에 걸려 그렇게 못했다. 가지는 무사하다!

배추 모종을 신문지로 덮어주러 아침 밭에 행차한다. 아직은 해가
너무 뜨거워서 갓 심은 어린 배추 모종이 견디지 못하고 시들시들
풀이 죽기도 하는데, 그러다 영 못 깨어나기도 한다. 모종 심고 하
루나 이틀, 넉넉히 사흘쯤 그렇게 신문지로 덮어주면 이후엔 별 탈
없을 거라고 농장 사모님이 알려주셔서 넙죽, 그 지혜를 받아 실천
중이다. 요 며칠 아침마다 텃밭에 가서 배추 모종에 신문지 씌워
주고 저녁 무렵에 또 가서 신문지 걷어준다. 이렇게 나름 지극정성
을 다 해도 죽는 모종이 생긴다.

　비탈에 꽃을 피운 달개비를 보다가 깜짝 놀랐다. 그 풀섶에 호랑
거미가 진을 치고 있는 건 알고 있었고, 어젠 거미줄이 보일락 말
락 할 정도로 성글었는데 글쎄, 거미가 밤새 한숨 안 자고 집을 지

었는지 아주 정교한 방사형의 대저택이 떡하니 넌출거리고 있는 게 아닌가. 허공의 캐슬! 아직 먹잇감이 걸려들지는 않았다. 그 저택에서 가까운 푸른 깻잎 위에 말벌이나 쌍살벌로 보이는 사나운 녀석이 다소곳이 앉아 있다. 묘한 긴장이 흐른다.

229

추석날에도 배추 모종에 신문지 덮어주러 간다. 사흘째. 처서 무렵
심은 배추 모종은 아주 잘 자라 승승장구하고 있다. 배춧잎에 거미
와 노린재가 앉아 있다. 노린재야, 앉아 있기만 하렴. 구멍 숭숭 뚫
으며 갉아 먹지 말고. 먹을 거면 어지간히 먹기를. 너희도 살고 배
추도 살고.

　다른 텃밭에서는 건장한 큰삼촌 같은 엄니가 등에 약통을 메고
배추에 약을 치고 계신다. 파랗고 높은 하늘에는 흰 구름. 와하고
일제히 울다가 다 함께 뚝 그치는, 이것은 매미 소리 아닌가. 매미
가 아직 울고 있다. 다 떠난 줄 알았더니.

배추 모종 두 개가 또 시들어 있다. 또 새로 심는다.

거미줄에는 먹잇감이 붙들려 있다. 오늘은 거미가 안 굶겠네 하며 자세히 보니 풀빛 노린재다. 거미줄로 돌돌 말려 있어도 그 풀빛과 형태는 고스란히 풀빛 노린재. 어젠가 깻잎 위에 앉아 있는 걸 보았던 그 녀석인가. 거미줄 함정이 공중에 놓여 있을 줄 네가 알 도리가 없었겠지. 한번 걸려들면 빠져나올 수 없는, 투명에 가까운 무시무시한 덫을.

마
스
크
쓴
지
구
•
9
월
14
일

아주 오랜만에 감기에 걸렸다. 약한 몸살 기운에 가벼운 목감기 정
도다. 아프지는 않고 물 같은 콧물만 나온다. 며칠 뒤 대면 모임이
있어서 혹시 몰라 코로나 검사를 받았다. 코로나 덕분에 '대면', '비
대면' 같은 딱딱한 말도 일상에서 쓰게 된다. 나는 한 번 확진된 적
이 있다. 검사 때 콧속을 아주 부드럽게 쑤시는 의사 선생님 때문
에 호감이 생긴 동네 병원에 다시 갔다. 음성이고, 감기 증상도 경
미해서 약 지을 필요도 없다며 물 많이 마시고 가습기 틀고 자라고
한다. 다행이다. 예정대로 반가운 얼굴들 볼 수 있게 되어서.

텃밭에 들르니 무순이 솎아내기 알맞게 자라 있다. 커다란 김장
무로 자라날 순만 남기고 무순을 솎는다. 풀빛 싱그러운 연한 무
순 다발이 꽃다발 같다. 오뚝이처럼 금세 또 자라난 부추도 벤다.

어린 배추 모종에는 신문지를 씌워준다. 비탈 풀섶의 거미줄을 힐 끗 보니 이번엔 꿀벌이 붙들려 있다.

텃밭에서는 마스크를 쓰지 않는다. 어르신 중에는 텃밭에서도 마스크를 단단히 쓰고 일하는 분들도 계시다. 갑갑하기 짝이 없는 코로나 마스크를 3년째 쓰고 있다. 지구가 마스크를 쓰고 있다. 언제쯤 마스크로부터 해방될 수 있을까. 팬데믹 종식 선언이 머지않았다고 하는데, 글쎄, 선언을 한들 '종식'이란 말이 적절할까. 그것은 순진한 희망일 뿐.

산밤이 떨어진다. 이맘때면 별처럼 반짝이는 알밤 생각에 텃밭을 가기 전후로 동네 숲에 들러본다. 봄에 부엽토를 얻은 동네 둘레길 옆 농원 주인의 숲이다. 요즘은 많은 숲과 산에서 밤과 도토리 채취를 금하고 있지만, 인적 드문 여기는 숲도 주인도 품이 넉넉하다. 야생 동물도 먹고 사람도 먹고.

밤을 주울 때는 눈이 반짝이는 것이 아니라 번득인다. 어렸을 때 소풍 가서 보물찾기할 때 같다. 가시덤불 아래 놓여 있는 알밤을 손을 뻗어 주울 때는 마치 맘껏 풀 뜯어 먹으라고 풀어놓은 닭이 산비탈 어딘가에 낳아놓은 귀한 달걀을 발견한 듯한 기쁨에 젖기도 한다. 밤 줍기가 얼마나 재미있는 놀이인지 말로는 제대로 표현할 수 없다. 따로 돌보지 않은 숲의 야생 밤은 크기가 작고 병든 것이 많은데, 상관없다. 집에 있으면 반들반들 깜찍한 산밤이 눈에 밟혀서 어서 숲에 가고 싶어진다.

오늘처럼 바람 부는 날 밤 줍기는 특히 고역이다. 행복한 고역. 바람에 또 떨어지고 또 떨어지고 하니까. 등 뒤에서 툭 투두둑 하고 알밤이나 밤송이가 떨어지는 천상의 소리를 누가 외면할 수 있을까. 소리 난 쪽으로 향하지 않을 수 없나니. 그러다 알밤 꿀밤을 얻어맞기도 하나니. 알밤 줍느라 구부린 등짝이며 머리통에 옛다! 하고 떨어지는 꿀밤의 맛이란. 바람 부는 날은 수지맞은 날이다.

청설모가 먹다 버린 알밤들.
밤 줍고 있던 내 발치에 툭 떨어진
알밤을 보고 알았다.
나무 위에서 청설모가 내려다보고 있었다!
이 녀석 식습관이 영….

뭔 일이래? 구멍 밖으로
빼꼼 고개를 내민 밤벌레.

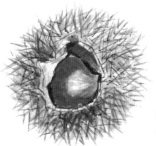

밤 줍고 있던 내 등짝에 떨어진 작은 밤송이.
아프지 않았고, 인사하는 것처럼 반가웠다.

밤 줍다 주운 꿩털

별똥아,

잠꾸러기 이모가 별똥이에게 보낼 밤을 주우러 아침 일찍 일어났어. 부지런하신 동네 할머니, 할아버지는 벌써 나와서 밤을 줍고 계셔. 바람이 부니까 밤나무에서 밤이 계속 떨어져 내렸어. 열심히 줍고 있는데 이쪽에서 툭, 저쪽에서도 툭 하고 알밤 떨어지는 소리가나. 얼마나 재미있는지 시간 가는 줄 몰라.

밤을 줍다 보면 가랑잎 사이로 사사삭 하고 도마뱀이 달아나. 한번은 저만치 있는 꽃뱀도 보았어. 꽃뱀이 더 놀라서 줄행랑치는데, 거의 날아가는 것 같더라.

지금은 9월하고도 중순인데 아직도 더워서 구슬땀이 조로롱 조로롱 턱 아래로 흘러내려. 이모, 쩌죽는 줄 알았어. 날씨가 정말 이상해.

진짜 산마을에 살면서 정작 산밤 주우러 갈 시간은 없는 별똥아. 경기 북부 고양시 낮은 야산의 야물딱진 알밤 먹고 알밤처럼 통통해지렴.

바로 먹지 말고 냉장고에 일주일 이상 두었다가 쪄 먹어. 그러면 훨씬 달아진대. 참을 수 있겠어?

산마을 상덕리의 평화를 그리워하며,
이모가.

달리던 자전거를 세운다. 텃밭 가는 길, 우리를 주우세요, 하고 은
행이 인도에 떨어져 있다. 한번 넉넉히 주울 만큼은 되겠다. 길가
아파트 화단에 심어진 은행나무의 반 이상이 길 쪽으로 나와 있고,
그 가지들에서 마침내 다 여물어 견딜 수 없게 된 은행알들이 짧은
시차를 두고 일제히, 고요히, 떨어지고 있다. 나는 어떤 거역할 수
없는 부드러운 명령에 따르듯 한 알 한 알 은행을 줍는다. 줍는 중
에도 툭툭 은행이 떨어진다. 가을의 선물, 고맙습니다!

　지난밤과 새벽에 비가 꽤 많이 내린 덕분에 해가 났는데도 축축
하고 습도가 높다. 아침인데도 모기들이 반겨서 얼른 모깃불을 피
운다. 이웃 텃밭 농부는 아내가 대파 뽑아 오라고 해서 대파를 뽑
아 가져가려는 참이다. 대파를 뽑아 오라고 시키는 아내나 출근 안

하는 토요일 아침에 늦잠도 안 자고 대파를 뽑으러 나온 남편이나
다 훌륭하다. 텃밭이 집에서 가까운 덕분에 가능한 살뜰한 심부
름. 이웃 텃밭 농부는 텃밭 농장 후문 바로 뒤에 있는 아파트에 사
니 말 그대로 울안의 텃밭인 셈이다. 나 또한 텃밭이 멀었다면 지
금처럼 텃밭을 자주 찾지도 못하고, 조랑조랑 이야기가 생겨나는
관계를 가꾸어오지도 못했을 것이다. 텃밭은 가까워야 한다.

　며칠 전 비탈 쪽 들깨 가지를 누군가 손댔다. 깻잎을 따 갔으면
표가 안 나서 몰랐을 텐데, 들깨 가지들의 모가지를 톡톡 땄으니
잘린 자리들이 금세 눈에 띄었다. 좀처럼 없는 일인데, 말없이 이러
는 것은 반칙입니다. 얼마든지 나누어 먹을 수 있는데. 남의 작물
에 허락 없이 손대지 맙시다, 라고 골판지에 쓴 경고문을 손을 탄
들깨 옆에 세워둔다. 혹시 그 손의 주인이 이 경고문을 본다면 속
이 뜨끔할까?

사흘째 배추벌레를 잡고 있다. 언뜻 보기엔 쑥쑥 잘 크고 있는 배추에 벌레들의 향연이 펼쳐지고 있을 줄이야. 커다란 배춧잎에 구멍이 숭숭 나 있어서 그래, 벌레들 생길 때도 되었지, 하고 배춧잎을 하나씩 들추며 들여다보는데 어이쿠, 눈감아줄 수 있는 정도를 훌쩍 넘어선다. 갖가지 애벌레와 달팽이에 민달팽이까지 아주 그냥 떼거리로 잔치판을 벌이고 있다.

배추벌레 잡는 일은 고도의 집중이 필요하다. 배추 앞에 쪼그려 앉아 배춧잎을 한 장 한 장 들추며 앞뒤로 고루 살펴야 한다. 보이는 족족 재빨리 잡아도 시간이 많이 든다. 봄에 홍화에 진을 쳤던 진딧물을 허구한 날 잡던 생각이 나기도 하는데, 배추벌레는 그 정도는 아니다. 한두 차례 꼼꼼히 잡아주면 큰 탈 없이 지나간다.

이웃 텃밭 농부도 나와계신다. 작물들 크는 거 보는 재미에 빠져 퇴근하자마자 텃밭에 들르시곤 한다는 초보 농부님. 이 이웃 농부님도 마침 배추에 꼬인 달팽이를 발견하셨다. 달팽이를 잡고는 싶은데 눈이 어두워서 못 잡고 난감해하는 걸 본 다른 텃밭 농부가 냉큼, "아니 그걸 언제 일일이 잡고 있어요? 약을 쳐야지!" 그러고는 친절하게도 자신이 쓰는 약을 분무기에 알맞게 희석하여 가져다주기까지 한다.

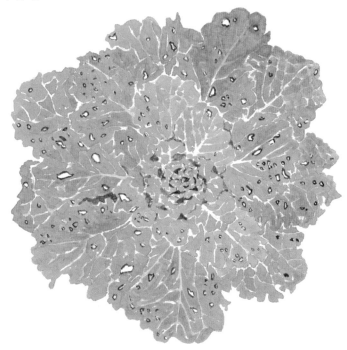

위에서 내려다본 한 꽃송이 우리 배추.
구멍 숭숭 뚫은 범인들은 안 보인다.
쭈그려 앉아 한 잎 한 잎 들추며
자세히 보기 전에는.

우리 초보 농부님이 그걸 감사히 받아 바로 약을 치자 순식간에 상황이 종료된다. "이렇게 간단한걸!" 추임새까지 넣는 다른 텃밭 농부.

마지막 추임새는 어쩐지 나 들으라는 소리 같기도 하다. 마침 바로 옆에서 아까부터 배추 앞에 쪼그려 앉아 달팽이며 애벌레를 하나하나 눈 빠져라 잡고 있는 내가 얼마나 답답해 보였을까. 저 인간 또 저러고 있다고.

'그래, 벌레 잡는 약이 꼭 나쁜 약은 아니지 않을까? 나도 약 좀 달라고 하면 반색하며 내주실지도 몰라.'

하지만 나는 듣고도 못 들은 척 꿋꿋이 손으로 배추벌레를 잡는다. 달팽이를 잡는다. 그러면서 문득 드는 생각이 나는 배추벌레 잡는 것도 귀찮아하는 것이 아니라 재밌어하는 인간이구나. 하하.

아침 밭에 나왔다. 깨끗하고 맛있는 가을 아침 공기! '가을 아침
내겐 정말 커다란 기쁨이야.' 가수 양희은의 노랫말이 절로 흘러나
온다.

　작은 모종이었던 배추가 많이 컸다. 한 포기가 세숫대야만 한 녀
석도 있다. 땅에 뿌리 박고 자라는 배추 한 포기는 한 송이 커다란
푸른 꽃이다. 늦게 뿌린 무씨에서도 새싹이 올라온다. 어제 아열대
스콜 같은 소나기가 오랜만에 쏟아지더니 작물들이 부쩍 자라고
흙에 안착한 느낌이 든다. 소나기 한 번에 농장 전체가 근사한 가
을 옷을 차려입은 듯하다.

　김장 무가 될 순만 남기고 무순을 솎아내고 북을 돋운다. 뿌리
를 잘라내고 무순을 다듬으니 연하고 싱싱한 무순이 한 아름. 이

런 무순은 그냥 먹어도 입에서 녹는다. 무순을 솎아내는데 흙으로 된 조금 단단한 구조물이 보인다. 지렁이 똥이다. 지렁이가 땅속에서 몽글몽글 밀어 올린 젖은 똥이 굳은 것으로, 말이 똥이지 그냥 흙덩이다. 세상에는 이렇게 갸륵한 똥도 있다. 마주칠 때마다 물끄러미 바라보게 된다.

해를 등지고 무순을 다듬는다. 등에 햇볕이 따갑지 않고 따뜻하게 느껴진다. 어제가 낮과 밤의 길이가 같다는 추분秋分이었다. 이제 완연한 가을이다. 또 배추벌레 잡기. 오늘은 민달팽이가 많이 눈에 띈다. 달팽이와 달리 등에 집을 지고 있지 않고 온몸 촉촉하고 끈적한 녀석. 그리 많지는 않아서 잡는 족족 우거진 고구마순 정글에 던져 넣는다. 거기서 계속 살라고. 배춧속에 벌 하나 잠들어 있는 것을 본다. 할 일 다 마치고 깊은 잠에 빠진 벌. 그대로 둔다.

흰나비가 팔랑팔랑 날아다니는 텃밭의 낮은 허공. 박하꽃에 앉았다가 들깨가 맺히고 있는 고소한 들깨 가지로 옮겨 앉았다가 홀렁 허공을 크게 가로질러서는 아직도 짙은 보랏빛 가지를 쑥쑥 낳고 있는 가지 줄기로 왔다가….

수돗가에는 거기도 물가라고 물가 식물 여뀌가 자라나 꽃을 피웠다.

아침 이슬이 햇발에도 금세 사라지지 않고 오래 머물러 있다. 배춧잎에, 어린 무순에, 가을 상추와 쇠어가는 들깻잎에도.

'가을 아침 내겐 정말 커다란 행복이야, 응석만 부렸던 내겐~'. 텃밭에 올 때 절로 삐져나왔던 노래가 텃밭을 떠날 때도 머물러 있는, 빛나는 가을 아침.

가을 호우주의보

●

10
월
4
일

어제 하루 종일 그리고 오늘 새벽까지. 무슨 가을비가 그리 많이 내릴까. 호우주의보가 발령되기까지 했다. 이제는 이상한 날씨가 더 이상 이상하지 않게 느껴진다.

가을 폭우 뒤 텃밭은 흙탕물이 푸른 잎에 튄 자국 말고는 멀쩡하다. 오히려 하늘이 주는 단물을 실컷 받아 마시고 작물들이 다들 씩씩한 '형아'가 되었다. 이제 물은 그만 주어도 되겠다. 날도 좀 쌀쌀해지려나? 어느새 시월. 시간이 너무 빠르다. 하루는 더디 가고 한 달은 삽시간에 지나가고.

가을밭 좀 들여다볼까요? 신비로운 '하늘색'으로 무럭무럭 자라고 있는 양배추 커다란 잎에 구멍이 뿡뿡 크게 뚫려 있다. 또 그분이 오셨구나. 처음에는 전혀 몰라보았지. 쪼그려 앉아 다시 찬찬히 살피니, 완벽한 풀빛 보호색을 한 오동통한 애벌레가 비로소 눈에 들어온다. 잡기에는 너무 귀여운걸? 잘 먹고 싼 청록빛 구슬 똥알들도 보인다. 배추에도 다시 달팽이와 민달팽이 세상이 펼쳐졌다.

어린 갓을 솎아 와서 액젓 들기름 깨소금 넣고 갓 지은 밥을 넣어 비비니 보약이 따로 없다.

앙 배추 잎에서
나 찾아봐요

기
러
기
날
아
오
고
•

10
월
7
일

김장 무로 키울 것만 남기고 무순을 고루 다 솎아내고 북을 돋워 주었다. 서늘하고 맑은 가을날, 한낮의 환한 깻잎 위에 정물처럼 앉아 있는 사마귀! 비스듬히 앉아 가을볕을 쐬고 있다. 그 고요한 해바라기를 함부로 방해하면 안 될 것 같은 기운을 내뿜고 있다. 몇 걸음 떨어진 채 바라본다. 요 며칠 쌀쌀하다. 경기 북부에 드는 우리 동네 하늘에 어느새 날아온 기러기 떼가 열을 지어 끼룩끼룩 떠들며 나는 모습을 종종 본다. 훅 하고 가을 깊은 내장 속으로 갑자기 끌려들어 가는 느낌이 드는 날들. 이런 가을날은 얼마나 맑고 쌀쌀맞고 좋은지. 찬 이슬 내린다는 한로寒露가 내일이다. 올가을 들어 처음으로 난방을 틀었다. 절기가 어지간히 들어맞는다. 된서리 갑자기 들이닥치기 전에 고구마를 캐야 할 것 같다.

사마귀가 오늘은 가짓잎 위에 앉아 있다. 역시나 가을볕을 쬐고 계신다. 배가 유난히 불룩한 것이 알을 품은 암컷이다. 내 인기척에 잎 뒷면으로 숨었다가 내가 멀찍이 떨어지니 다시 볕을 쬐러 나온다. 어째 이 사마귀가 우리 텃밭의 주인 같다. 지난번 여름에 허물 벗은 것을 나에게 들킨 두 마리 중 한 녀석일까? 그렇다면 우리는 이 텃밭에서 꽤 오래 함께 살고 있구나. 나보다 더 이 밭의 지킴이 같은 사마귀. 밤에 기온이 뚝 떨어질 때면 이 사마귀의 안부를 묻게 된다. 새끼도 품고 있는데.

해를 쬐고 있는
엄마 사마귀.
알을 품고 있는 배가
축 처져 있다.
무거워 보인다.

된서리가 온다는 예보에 급하게 고구마를 캐기로 한다. 서리 맞으면 고구마순이 바로 상하면서 칙칙해지고 땅속 고구마도 해를 입는다. 고구마 캘 때도 세 자매 모두 모인다. 조심스레 호미를 놀리며 땅속 보물을 발굴하는 소소한 재미를 함께 나눈다. 작다란 두둑 세 개가 전부지만 마음은 오래전 드넓은 고구마밭에 온 식구가 출동하여 종일 고구마를 함께 캐던 기억을 소환하기도 한다.

의사소통 오류로 엉뚱하게 오후 네 시 가까이 되어 밭에 모인다. 해가 많이 짧아져서 어두워지기 전 두어 시간 안에 일 마치려면 바쁘게 생겼다. 낫을 챙겨 자전거 페달을 밟아 나는 듯이 텃밭으로 간다. 낫을 쥐고 고구마 넝쿨 밑동을 썩썩 벤다. 낫날이 무딘데도 낫을 쥔 손아귀에 힘을 실으니 잘 베어진다. 가위로 잘라도 되는

데, 가위질은 감질난다. 낫질이 하고파서 일부러 들고 나갔다. 고구마 넝쿨을 거두어 한곳에 쌓으니 작은 산을 이룬다. 고구마 캐는 것과 별개로 고구마 넝쿨에 달린 고구마순을 다 따고 또 그 고구마순의 넓적한 잎도 떼어내는 일이 시간이 많이 든다. 고구마순을 껍질째 삶아 말려 묵나물로 만들 생각이 아니라면 얼른 고구마만 캐고 끝낼 수 있는데.

흙이 고슬고슬하여 고구마 캐기가 쉽다. 나는 고구마순을 따고 언니들은 고구마를 캔다. 여름내 고구마순을 고구마 두둑이 민둥산같이 되도록 실컷 따 먹은 것치고는 고구마가 솔찬히 맺혔다. 그런데 이렇게 고울 수가 있나. 꿀고구마의 진분홍 빛깔은 대체 어디서 오는 것일까? 해 한 번 안 드는 캄캄한 땅속에서 이토록 눈부신 색을 입고 있다니 신비롭기 짝이 없다.

김장 무에 달린 커다란 잎도 솎아준다. 작은언니가 난생처음 무청 김치를 담가보기로 한다. 기대해 보겠습니다, 형님. 뾰족한 잎과 줄기가 작은 대숲을 연상시키는 생강도 캔다. 밭 끄트머리 비탈에서 덤불처럼 왕성하게 우거진 향긋한 박하도 가지째 수확하고, 들깨도 아직 서리 맞지 않은 푸른 잎을 숭어리째 딴다.

어마어마하게 쌓여 있는 고구마 넝쿨 더미 앞에 앉아 고구마순 갈무리를 함께 하다가 두 언니는 먼저 귀가하고 나 홀로 남아 마저 한다. 성큼성큼 날이 저물고 내 손도 덩달아 빨라진다. 겨우 일을 다 마쳤을 때는 정말 눈앞이 캄캄해졌다. 퇴근길에 가을 상추 따

러 온 이웃 텃밭 농부가 컴컴해요~ 한마디 건넨다. 어두워 아무것
도 안 보일 걱정일랑 할 필요가 없다. 가까이 문산과 서울을 잇는
고속도로까지 생겨서 칠흑 같은 어둠은 영 잃어버리게 되었으니.
어둑어둑한 수돗가에서 손을 씻고 장화 흙도 닦아낸 뒤 자전거 앞
바구니와 뒤 짐칸에 갈무리한 고구마순 다발과 진분홍 고구마 약
간을 그득 싣고 랄랄라~ 저녁 어둠을 뚫고 달린다. 하늘에는 별이
떠 있다. 고구마순 데쳐서 말리는 것은 내일 환할 때 해야겠지?

고구마 수확과 작물 정리를 후다닥 해치웠다. 번갯불에 콩 볶듯!

고구마 넝쿨을 걷어낸 뒤 땅속 고구마가 찍히지 않도록 조심하면서
호미로 캔다. 흙이 단단하면 쇠스랑으로 크게 흙덩이째 판 뒤 캐기도 한다.
흙에서 땅강아지와 지렁이도 나왔다. 고구마랑 땅강아지랑 지렁이랑
땅속에서 복작복작 같이 살았구나!

경사
났
네, 경사
났
어
!
●
10
월
16
일

오전 텃밭. 거기에 그렇게 붙어 있어도 될까 싶은 자리에 가지 줄기
색과 비슷한 보호색을 한 뭔가가 달라붙어 있어서 뭐지? 하고 호기
심에 톡 떼니 톡 떨어진다. 만져보니 엄청 단단해서 1초도 고민 안
하고 가위로 힘껏 잘라보았다. 진노랑색 물 같은 것이 나온다. 아~
주체할 길 없는 호기심에 생각이라는 걸 할 틈 없이 망나니처럼 먼
저 행동부터 취하여 멀쩡한 사마귀 알집을 하나 망가뜨리고 말았
다. 틀림없이 사마귀 알집이다. 요즘 계속 가지 나무에서 어슬렁거
리던, 배 뽈록 나온 사마귀. 참회합니다. 미안합니다. 사실 나는 그
사마귀가 궁금해서 텃밭에 갈 때마다 찾아보고 있던 참이다. 사마
귀는 안 보이고, 혹시나 하여 가지 줄기를 찬찬히 살펴보는데 알집
이 하나 더 있다! 이번에도 가지 줄기 꼭대기께에 자리하고 있다.

내년 봄에 새끼 사마귀들 깨어날 때까지 저 알집과 알집이 꼭 달라붙어 있는 가지 줄기를 잘 지켜주고 싶다. 가지 두둑 정리해야 할 때 어떻게 할지 생각해 보자. 가지 나무를 지금 있는 그대로 둘지, 줄기째 알집을 어디 다른 안전한 데로 옮겨줄지.

이야. 사마귀 알집을 알현하다니. 경사로다 경사. 우리 텃밭에서 대를 이어가는 사마귀를 지켜보게 된 기쁨. 어떤 황홀함. 늦봄이었나 초여름이었나, 벗어놓은 흰 허물을(천사의 날개 같았지!) 마주한 순간으로부터 이어지는(아니지, 그보다 먼저 알집에서 나온 지 얼마 안 된 듯한 어린 사마귀를 보았지.) 이 사소하고 진실하고 생생하고 끈끈한 동행…:

사마귀는 풀줄기나 나뭇가지에 꽁무니를 대고 거품을 만들면서 그 속에 알을 낳는다. 거품이 굳으면 튼튼하고 따뜻한 알집이 된다.

날이 더 쌀쌀해지고 햇빛이 더할 수 없게 좋다. 그냥 두기에는 너무 아까운 햇빛. 채소를 썰거나 삶아 널어 말리기에 안성맞춤인 가을볕. 빨래는 물론이고 이불이며 온갖 쿰쿰한 옷가지들까지 다 내다 널고 싶다.

어제저녁 삶아놓은 고구마순을 아파트 화단 앞 양지 녘에 돗자리를 펴고 넌다. 창고에서 찾아낸 오래된 돗자리 두 개를 잘 쓴다. 이제 해님과 바람한테 맡겨야지. 널자마자 윙~ 똥파리가 날아든다. 오늘 하루 말리면 얼마나 마르려나. 도시에서 묵나물 만들려고 텃밭 고구마순을 삶아 가을볕에 너는 이 소박한 호사가 사뭇 재미나서 가슴이 다 설렌다. 혼자 웃는다.

두 시간쯤 지나 정오에 나가 보니 그새 그늘이 져서 해 드는 자

리로 옮긴다. 고구마순 색도 변했다. 물기가 빠져나가면서 푸른빛
이 스러지고 무채색으로 바뀐다. 도톰하고 반듯했던 형태도 마르면
서 가늘어지고 오그라든다. 햇빛과 바람의 힘은 무지막지하구나.
잠깐 사이에 다른 존재가 되어 간다.

오후 세 시쯤 다시 해 드는 쪽으로 돗자리를 옮기고 우체국에 다
녀와서 보니 또 그늘이 져서 또 옮겨준다. 해가 많이 짧아져서 네
시 반 되기 전에 화단 앞이 온통 그늘이다. 그만 퇴청.

그러고는 고구마순 널었던 돗자리를 챙겨 텃밭으로 가서 무를
덮어준다. 다 덮어주기에는 한참 모자라 나머지는 신문지로 무 밑
동을 감싸준다. 오늘과 내일만 견디면 된다. 이상 저온이란다.

널고 걷고 덮어주고

10
월
18
일

아침 텃밭에 나가 돗자리와 신문지 걷어내고, 집에 돌아와 이틀째 햇빛에 고구마순을 널어 말린다.

고구마순을 삶아 여기 경기 북부의 오래된 아파트 단지, 화단 앞 가을볕에 이틀 말리니 바짝 다 말랐다. 가을 햇볕을 품고 있는, 물기 탈탈 다 털리고 깃털처럼 가벼워진 고구마순. 고구마순을 따고 삶고 널고 걷고, 또 널고 걷고 하는 제법 번거로운 과정이 하나도 성가시지 않았다. 내년에도 여기 살고 있다면 또 할까?

어제처럼 돗자리를 챙겨 텃밭에 행차하여 무 된서리 맞지 않게 덮어준다. 아쉬운 대로 신문지도 또 쓴다. 그러고는 사마귀 알집이 잘 붙어 있는지 확인하고, 그 어미 사마귀는 안 보이겠지 하면서 혹시나 하고 기웃거리는데 아니! 알집이 하나 또 보이는 게 아닌

가. 크기나 굳기가 비슷한 것이 먼젓번 알집 만들 때 이것도 만든 것 같다. 내가 일전에 모르고 망가뜨린 알집까지 세면 모두 세 개다. 사마귀가 보통 알집을 두세 개 만든다더니 정말 그렇구나. 신통 방통해하면서 퇴청하려는데, 어떤 시선이 느껴진다. 나를 보고 있는 사마귀. 두 번째 가짓잎에 떡하니 앉아계신다. 이 아니 반가울 수가. 사마귀가 알아볼 수 있는 방식으로 반가움을 표현하고 싶다. 그런데 아직도 배가 불룩하네요? 여자 사람이 출산한 뒤 배가 바로 푹 꺼지지는 않듯이 사마귀도 알집을 세 개나 슬어놓고도 배가 바로 홀쭉해지지는 않는 것일까? 아니면 알집을 더 만들 심산인지. 내일 새벽에 2도까지 기온이 떨어진다는데 사마귀는 괜찮을까?

사마귀는 한해살이 곤충이고, 알집을 만든 뒤엔 기력이 다하여 곧 죽는다. 그걸 생각하고 눈앞에 고요한 어미 사마귀를 보고 있으니 애틋한 마음이 된다. 사마귀한테도 이불 덮어주고 싶다.

바싹
마른
삶은
고구마순
엉킨
실타래
같다
무게감이
하나도
없다
부서진다
아빠-

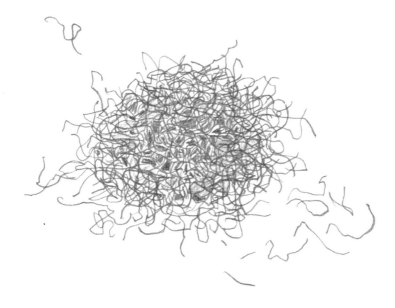

동네 논 추수할 때 되었다 싶어 저물 무렵 나가 보았다. 훤하다. 이미 나락을 벴다. 콤바인 바퀴 자국이 깊이 패여 있고, 지푸라기들이 참하게 가지런히 누워 있다. 이 일대가 신도시 개발 구역에 편입되면서 이번 추수가 마지막 벼 베기가 되었다.

이 논은 언제부터 논이었을까? 기러기 떼는 먹이 찾아 또 이 논에 날아들 텐데 이번이 마지막일 줄은 모르겠지. 다시는 볼 수 없는 풍경 속에 한참 서 있는다. 해 저무니 가을 냄새가 더 진하게 난다. 물씬 끼친다. 짚 냄새, 젖은 논 흙냄새, 풀, 나무, 저녁 공기, 모든 것들이 짙은 향기로 늦가을이라고 아우성친다. 서리 오면 거두는 서리태 콩은 아직 논둑에 그대로 있다. 고라니가 즐겨 콩잎을 따 먹는 서리태가 논둑을 따라 빙 둘러 자라는 모습도 마지막인가.

고라니야, 이 논이 네 운동장이었는데, 논은 이제 사라진단다.

영영.

동네 논에서 텃밭으로 짚단을 실어 나른다. 탄 지 20년 넘은 삼천리 자전거는 짚단을 싣고 잘도 달린다. 마음은 시골 논둑길을 달리는 것 같다. 텃밭에 도착하여 가지 두둑 고랑에 짚단을 내려놓는다. 나중에 쓸모가 있을 것이다.

사마귀 알집 하나가 안 보여 가지 나무 아래 흙바닥을 살피니 바닥에 떨어져 있다. 알집이 절로 떨어지기도 하는구나. 사마귀 알집을 가짓잎으로 고이 싸서 가방에 넣는다. 어쩌려고? 곤충 세밀화를 그리는 권혁도 선생님처럼 집 서랍에 넣어두고 까맣게 잊고 있다가 어느 봄날 200마리쯤 되는 아기 사마귀들이 온 집 안에 깨어나는 진풍경을 마주하려고?

농장 사장님이 호스로 밭에 물을 뿌리시기에 괜히 따라 한다.

호스를 들고 간만에 물을 흠뻑 주고 있는데, 농사 잘 짓기로 소문 난 이웃 텃밭 농부가 다가와 '물배추' 된다고 놀린다. 김칫거리 장만 하러 아내분도 같이 오셨다. 쪽파부터 뽑는다. 집 가까운 도시텃밭 에서 직접 농사지어 김치 재료를 거의 다 조달하니 이보다 근사할 수가 있을까.

늦게 심은 양배추 커다란 잎에 또다시 통통한 보호색 애벌레가 세 분이나 납시었다. 그래, 겨울 오기 전에 부지런히 먹으렴.

가을이 절정인가. 가로수 샛노란 은행잎에 눈이 부시다.

오늘은 걸어서 텃밭에 다녀왔다. 걸어서 갈 때는 동네 개천 산책로를 일부러 들러서 간다. 성사천에는 고마리꽃이 싱그럽게 피어 있다. 진즉 피었을 것이다. 오늘 내 눈에 이제 막 피어난 것처럼 보인 것일 뿐. 고마리꽃을 잎과 함께 휙 낚아채어 아삭아삭 맛나게 먹어 치우던 거위 생각이 난다. 성사천 터줏대감이던 거위가 어느 때부턴가 안 보이더니 영 안 보이게 되어서 이게 어찌 된 일인지 오래도록 궁금해했던 생각이 난다.

간밤에 이태원 압사 참사가 발생했다. 머릿속이 하얗다.

덮고 걷고 또 덮고
텃밭은 고마워요, 내년에 또 봅시다

내일과 모레 기온이 영하로 떨어진다는 소식에 텃밭 농부님들 삼
삼오오 모여 무가 얼지 않게 무얼 덮어줄 것인가, 일찌감치 무를 다
뽑을 것인가, 설왕설래 이야기를 나누고 있다. 비닐로 덮어주기로
마음먹은 나는 줄자를 챙겨 와서 가로세로 무밭 치수를 잰다. 무
밭이 얼마 안 되어도 가지런히 일정하지 않고 들쑥날쑥 몇 군데로
나뉘어 있어 따로따로 다 잰다.

가지 줄기에 사마귀가 배를 위로 향하고 거꾸로 매달려 있다. 줄
자로 무밭 치수를 재고 나서 다시 사마귀 있던 자리로 와보니 그새
사라지고 없다. 안 보일 때는 어디에 있는 걸까? 날이 추워지면서
가을 상추와 청갓, 아욱 들이 성장을 멈춘 듯 거의 자라지 않는다.
딸 만하게 아주 천천히 자란 잎들을 오랜만에 수확한다. 귀하다.

큰언니네로 배달해야지.

이웃 텃밭 아저씨는 무 다섯 개 뽑아 오라는 사모님 명을 받들러 나오셨다. 무 농사를 어찌나 잘 지으셨는지 흙 위로 솟아오른 무들이 입이 쩍 벌어질 정도로 크다. 언제나처럼 싱글벙글 즐거운 낯빛에 '재미있어요!' 추임새도 잊지 않으시는 성실한 1년 차 농부님.

농장 정문 앞 농작물 판매 안내판엔 절임배추와 알타리 글자 인쇄물이 멀리서도 눈에 잘 띄게 커다랗게 붙어 있다. 김장철이 오고 있다. 동네 철물점에 들러 비닐을 장만하여 자전거에 싣는다.

이
불
덮
기
•
11
월
3
일

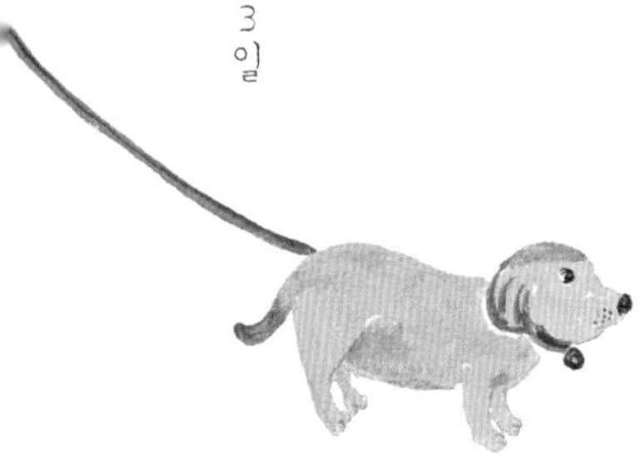

다 늦어 어둑어둑할 때 김장 무에 비닐로 이불을 덮어준다. 일기예
보는 새벽에 영상 2도 아래로는 안 내려가는 것으로 나온다. 바람
이 부니 체감온도는 더 내려가겠지. 어쨌든 이불을 덮어주고 나니
안심이 된다. 비닐로 못 덮어준 몇몇 별동대 무는 짚과 신문지로
밑동을 감싸주었다.

날이 풀렸다. 당분간 영하로 내려가지 않는다. 오전에 텃밭에 나와 무 비닐을 걷어준다. 무들이 비닐 안에서 쌔근쌔근 숨을 쉬어 비닐 안쪽에 물방울이 많이 맺혀 있다. 걷은 비닐을 뒤집어서 바람과 햇빛에 빨래처럼 말린다. 텃밭 사방에 흰 이불들 널어놓은 것 같은 풍경. 비닐 땀방울이 마르는 동안 우거진 김장 무 겉잎을 솎으니 잠깐 사이에 무청이 수북하다. 나눔 상자에 내놓아야겠다. "텃밭에서 방금 솎아 온 무청이에요. 넉넉하여 나눕니다." 김장 무와 배추 덕분에 11월 입동 가까워오는데도 텃밭이 시푸르다.

오전엔 텃밭 김장 무 비닐을 걷고, 오후에는 10·29 이태원 참사 추모 집회에 간다.

내일은 김장이라 오늘 무를 다 뽑았다. 무청을 잡고 슬쩍 잡아당기면 기다렸다는 듯 쑥쑥 뽑혀 나온다. 싱거울 정도로 힘 하나 안 든다. 오전 아홉 시 세 자매가 텃밭에 모여 눈 깜빡하는 사이에 무를 다 뽑고 갈무리한다. 무를 심은 시기가 조금씩 달라서 크기도 들쭉날쭉 다르다. 작은 것은 알타리무보다 조금 큰 정도여서 무청째 무김치를 담그려고 억센 겉잎만 떼어낸다. 제대로 큰 무는 김장에 쓰려고 무 밑동을 자르니 무청이 어마어마하게 나온다. 나눔 상자에 또 내놓아야지. 무가 있던 자리마다 뽕뽕 둥그렇고 큼직한 구멍이 나 있다. 배추 뽑은 자리는 별스럽게 표가 안 나는데 김장 무 뽑은 자리는 보란 듯이 고스란히 남는다. 흔적조차 어여쁘고 따숩다.

　무를 다 뽑고 나니 텃밭이 꽤 휑하다. 물론 아직 배추가 온전히 남아 있다. 김장도 세 자매 모여서 하는데, 텃밭 배추로 김장을 하지는 않는다. 우리 텃밭 배추는 속이 덜 차고 질긴 편이라 김장은 실한 절임배추를 넉넉히 따로 주문해서 한다. 텃밭 배추로는 필요할 때마다 뽑아다 온갖 것을 해 먹는다. 겉절이도 하고, 배춧국도 끓이고, 배추전에 배추나물에, 물론 김치도 담그고.

집에 돌아와 상당한 양의 무청을 커다란 재활용 비닐봉지에 담아 경비실 앞 의자에 두고 가져다 드시라는 메모를 붙여놓는다. 내 몫으로 남겨둔 무청은 삶아서 물을 꼭 짜고 썰어 된장 양념에 재운다. 그것을 조금 덜어 점심에 먹을 슴슴한 된장국을 끓이고, 나머지는 한 번 먹을 만큼씩 나눠서 냉동실에 넣으니 무언가 든든한 느낌이 든다. 무청 된장국으로 점심을 해 먹고, 나눔 상자에 내놓은 무청 확인하러 경비실 쪽으로 가는데 부스럭거리는 봉지 소리가 들린다. 어머나. 곱게 화장한 한 마나님께서 무청을 봉지째 끌고 엘리베이터에 막 타고 계시는 게 아닌가. 봉지 속 무청을 얼핏 보니 처음 내놓은 양보다는 퍽 줄어 있는 것이 다른 주민들도 덜어 간 것 같다.

오후에는 큰언니 집에서 김장 준비를 함께 했다. 무청째 무김치 담을 작은 무들을 씻는데 꼭 아기 얼굴 씻기는 것 같다. 이렇게 사랑스러워도 됩니까? 다음은 김칫소에 채 썰어 넣을 커다란 무를 씻고, 배 씻고, 마늘 씻고, 생강을 껍질 벗기면서 씻고. 채반과 김치통 씻고, 또 무엇을 씻었더라? 씻고 씻고 또 씻고. 김장 반은 한 것 같다. 내 몫으로 챙긴 텃밭 무는 두고 먹으려고 하나하나 신문지에 싸서 김치냉장고에 넣는다. 김치냉장고가 무 흙구덩이 대신이다. 앞으로 하나씩 꺼내어 찬 해 먹어야지. 뭇국, 무생채, 무전, 무나물, 무조림….

　바빴다기보다는 잔칫날 같은 날이었군.

마늘을 심어보려고 김장 무 수확한 자리에 거름을 뿌리고 새로 밭
을 만들었다. 오랜만에 삽질과 호미질을 한다. 거름 섞은 뒤 보름
쯤 지나서 새로 작물을 심거나 씨를 뿌려야 옳지만 마늘 심는 시
기로는 막차를 탄 셈이라 바로 마늘을 심고, 이미 늦은 시금치씨도
뿌리기로 한다. 흙이 고슬고슬하다.

　작은언니가 가져다준 씨마늘은 한지寒地형 의성 토종 마늘이다.
양념으로 먹으려고 산 것인데 종자로 써도 된다. 마늘이 잘다. 종
자용으로 따로 골라놓는 마늘은 훨씬 알이 굵겠지. 아무렴 어때.
이 작다란 씨마늘 한 개가 흙의 품에 안겨 의젓하게 겨울을 나고
싹을 내고 커나갈 것을 생각하면 벌써 뭉클하다.

　이웃 텃밭도 김장하려나 보다. 배추랑 무를 뽑아 차에 실어놓고

다시 밭에 돌아와 갓을 베고 쪽파를 뽑는다. 중년 아들과 70대 엄마가 등에 오후 해를 쬐며 쪽파를 다듬고 있는 뒷모습이 따스하기 그지없다.

텃밭에 있는데, 항암 성분이 많이 들어 있다는 '항암배추'를 한 포기 선물받았다. 농장 사장님네 배추를 선물받은 이웃 텃밭 주인이 많다면서 나에게도 한 포기. 배추가 커서 한 포기가 한 아름이다. 자전거 앞 바구니에 넣으니 꽉 찬다. 내가 먹어도 되지만 나는 이미 우리 배추만으로도 넘쳐서, 선물받은 항암배추를 다시 선물하기로 한다. 반으로 뚝 가르니 세상에~ 속이 이토록 꽉 꽉 들어차고 예쁘게 샛노랄 수가 있나. 침이 고인다.

반으로 갈랐어도 여전히 크고 실한 배추를 품에 안고 내려와 우리 동 경비실 앞 의자에 내놓는데 재미있는 일이 생긴다. 오후 다섯 시 반 무렵 이미 어둑해져 오는 시간인데, 마침 경비실에 계시던 경비 아저씨가 마침내 '범인'을 찾았다는 듯 경비실에서 튀어나오시며 반가이 알은체를 하시는 것이다. 그동안 대체 누군고, 하고 궁금해했다고요. 글쎄, 남모르는 선행이라도 하는 양 일부러 아무도 없을 때를 골라 내놓는 것이 아니라 텃밭에서 돌아오자마자 가장 싱싱할 때 바로 내놓았을 뿐이고, 그 순간은 아주 짧아서 대개는 들키지(?) 않았던 것일 뿐이다. 경비실 아저씨에 이어 마침 귀가하던 앳된 한 엄마도 반색을 한다. 자기도 두어 번 가져다 먹었다며 누굴까 궁금했다고. 그러면서 몇 호 사냐고 묻는다. 아니, 몇 호 사는지 알면 어쩌려고요?

　그런 걸 왜 묻냐고 짓궂은 말투로 대꾸하고 계단으로 총총 도망치듯 올라오는데, 누가 따라온다. 돌아보니 경비실 아저씨다. 나는 더욱 짓궂은 말투와 단호한 낯빛으로 왜 따라오세요? 내려가서요! 한다. 경비실 아저씨도 웃으며 발길을 돌려 내려간다. 멀어지는 발걸음과 아저씨 목소리가 함께 들린다. '2층에 사나 봐요…'.

　내 집구석으로 돌아오는데 왜 그렇게 마음이 붕붕 좋은지. 도시 텃밭 로컬푸드를 같은 아파트 이웃들과 소박하게 나누는 기쁨이라니. 작으나 큰 기쁨. 사는 맛. 입이 귀에 걸리고 기분 째진다.

텃밭에서 얻은 배추
나눕니다. 꼭지께
테두리가 붉은
'항암 배추'예요~

드실 분
가져가세요
♡

2022. 11.

282

왕
겨
이
불

•

11
월
21
일

작은언니한테 부탁하여 왕겨를 구했다. 한 포대에 3000원. 왕겨는 벼의 껍질이다. 이 껍질을 벗겨내야 우리가 먹는 쌀이 나온다. 마늘을 심은 밭에 왕겨를 두툼히 올리니 겨울 이불 덮어주는 것 같다. 마늘아, 겨울 잘 나자!

날씨 흐름의 추이가 과격하다. 입동, 소설 지나도록 포근하더니 오늘 오후 들어 급격히 돌변하는 날씨. 춥다. 올해 하반기 들어 처음으로 겨울 느낌이 난다. 겨울이 문턱을 넘어오는 소리가 들리는 듯하다.

텃밭 농장 사장님은 밭에 남아 있던 무를 뽑아 수레에 실어 나르느라 바쁘시네. 무는 저장고에 두거나 땅에 구덩이를 파서 묻어두고 필요할 때 꺼내어 쓴다. 우리도 작년까지는 텃밭 한쪽에 무 구덩이를 팠다. 무는 기온이 영하로 떨어지면 바람이 들어 못 쓰게 되니까 그전에 서둘러 뽑아 구덩이를 파고 묻는다. 배추는 무보다는 추위를 잘 견딘다. 아주 추워지기 전까지는 좀 더 밭에 두어도 괜찮다.

저녁에 쌈과 카레를 해 먹으려고 배추 뿌리를 자르는데 손이 시
렵다. 어라, 이 차가운 겨울 느낌이 반갑다. 올해도 겨울이 와서 다
행이다.

집에 와서 배추를 반으로 가르니 샛노란 속이 나온다. 배춧속이
속없이 환하게 웃는다. 그 좋음을 표현하려니 말이 모자란다. 달고
싱싱한 노란 속은 생으로 먹고, 푸른 잎은 채 썰어 볶다가 카레를
해 먹는다. 텃밭에서 자란 싱싱한 김장 배추 한 포기는 뭐랄까, 그
냥 완벽하다.

잠시 날이 풀렸다가 어제 겨울비가 한참 쏟아지더니 오늘은 한파경
보 발령이 났다. 밤에 체감온도가 영하 10도 가까이 내려간다고 해
서 텃밭 배추에 비닐 이불 씌워준다. 당분간 영하의 날씨가 이어진
다는데, 이 비닐 한 장으로 괜찮을까? 찬 공기가 들어가지 않게
삽으로 흙을 떠서 테두리를 단단히 여며준다. 비닐 뒤집어
쓴 배추밭 모습이 초분草墳 같기도 하다.

 배추는 무와 달리 겉잎이 얼었다 녹았다 하며
버티는 힘이 있다. 영하 1, 2도 정도로만 떨어지면
텃밭에 그대로 두고서 하나씩 뽑아다 먹으면
좋을 텐데. 텃밭은 그러라고 있는 것이기도
한데, 한파가 계속된다면 다 수확하는 것이
나을 수도 있겠다.

해 들어가고 어둑어둑해진다. 바람도 부네. 으, 춥다. 동장군 납신다. 길을 비키자.

배추들아,
함께 이불 속에 있으니
안 춥지?

마
침
내
배
추
수
확

●

12
월
1
일

한파가 계속된다. 비닐을 씌워준 배추가 무탈할지 걱정이다. 상황을 살피려고 오후 세 시 지나 타박타박 걸어서 텃밭에 가니 농장 사장님이 수레에 배추를 실어 나르고 있다. 비닐로 덮어주었던 배추를, 겉잎이 언 배추를 뿌리를 잘라 실어 나르고 또 나르고. 농막 안에 배추들이 쌓여 작은 산더미를 이룬다.

아무래도 우리 배추도 다 뽑아야 할 것 같다. 급히 언니들에게 배추 수확 번개를 친다. 동장군 납신 차디찬 오후 텃밭에 언니들이 배추 밑동을 자를 식칼을 들고 개선장군들처럼 등장.

얼른 비닐부터 걷어내는데 얼음이 껴서 비닐이 서걱서걱한다. 비닐 이불을 힘껏 허공에 털어 살얼음들을 날려 보낸 뒤 비닐을 잘 접는다. 내년에 또 써야지.

우리 배추도 조금씩 얼었다. 8월 말부터 9월 초에 걸쳐 몇 번에 나눠 심은, 잘 자라준 배추를 마침내 수확한다. 배추 뿌리가 썩썩 잘 베인다. 금방 끝난다. 밭에 두고서 싱싱한 배추를 그때그때 뽑아다 먹으려던 야심찬 계획을 밀어붙이려다 하마터면 귀한 배추 다 얼어 터지게 만들 뻔했다. 오늘 배추 수확 잘했다.

겉이 얼었던 배추가 하룻밤 사이 다시 씽씽하게 살아났다. 시장에
서 사는 것만큼은 아니라도 배춧속이 꽤 실하고 고소한 우리 텃밭
배추. 아파트 경비실 앞 올해 마지막 나눔 상자에 부활한 배추 네
포기를 내놓는다.

"비닐로 덮어두었던 텃밭 배추 수확한 것 나눕니다. 약을 전혀
안 한 것이니 한두 번 씻어서 바로 드시면 됩니다. 겉이 살짝 얼었
다 녹았는데 멀쩡합니다. ^^"

또 한파경보가 뜬다. 이번 주말까지는 베란다 세탁기도 돌리지 말아달라고 아파트 관리실에서 안내 방송을 반복한다. 올해는 11월 말부터 시작된 매서운 추위가 12월에 활짝 만개했다. 보통은 12월 보다는 이듬해 1, 2월이 더 추운데. 예년과 다른 이 추위의 추이도 예사롭지 않게 느껴진다. 그사이 큰눈도 두어 차례 내렸다. 작년인가 그 전해인가는 겨우내 통 눈이 오지 않더니.

　오늘도 동장군께서 활보 중이다. 낮 한 시에도 영하 6도에 체감온도는 더 낮다. 꽁꽁 싸매고 텃밭에 와보니 어제랑 그전에 내린 눈이 녹지 않아서 온 텃밭 농장이 눈밭이다. 눈을 밟으니 뽀드득뽀드득 눈 소리가 난다. 씨마늘 심은 지 한 달쯤 되어가는 우리 텃밭 한 귀퉁이 마늘밭도 눈을 이불처럼 덮고 있다. 마늘밭 흙 위에 왕

거, 왕겨 위에 비닐, 비닐 위에 흰 눈까지 여러 겹 이불을 두툼히 덮고 있으니 이상하게 추운 이 겨울도 씩씩하게 잘 나기를. 오늘은 마침 동짓날. 올해 가장 긴 밤이 지나면 다시 해가 길어진다. 움츠러들지 않아야지.

곧 보자, 새싹들아.

요리라고 할 것도 없다. 텃밭이 내주는 싱싱한 먹을거리는 이미 그 자체로 훌륭한 음식이다. 아침 이슬 머금은 상추와 깻잎, 풋고추, 오이, 가지, 토마토, 부추, 호박… 여름에 갓 딴 풋고추에 된장쌈장만 있으면 맛있는 한 끼 완성이다. 풋고추가 이렇게 맛있다니. 그 이유는 텃밭에서 막 따 왔기 때문이다.

재료 본래의 맛이 고스란히 살아 있는 최상의 맛을 맛보려면 바로바로 먹어야 한다. 작물을 냉장고에 쟁여두지 않고 그때그때 먹기. 넉넉하니 가차 없이 이웃과 나누기. 이것이 텃밭 먹을거리를 맛있게 먹는 비법 아닌 비법이다. 요리는 간소하고 쉽고 맛있게!

텃밭이 내어주는 재료로 제철 밥상을 차려 먹으니 어려서 먹던 밥상이 떠오른다. 끼니때마다 울안 텃밭에서 호박이나 호박잎, 가지, 오이를 따서 뚝딱 차리던 시골 밥상. 그때는 몰랐던, 그보다 더 좋을 수 없는 소박하고 좋은 밥상으로 돌아가고 있다. 지구에 부담을 덜 주는 밥상, 오래된 미래 같은 밥상으로.

5월 깻잎, 루꼴라, 상추, 쑥갓, 아욱, 완두콩, 적갓, 청갓

갖가지 잎채소로 부지런히 쌈, 샐러드, 겉절이를 해 먹는다. 아욱은 아욱국을 끓이고 아욱라면도 끓이고, 깻잎으로는 찜이나 김치도 만든다.

● 깻잎찜

양념장을 만들어놓고, 냄비에 깻잎을 한 장이 아니라 여러 장을 적당량 올리고 양념장 한 번 끼얹고 다시 깻잎 여러 장을 올리고 또 양념장 끼얹고 하는 식으로 작은 탑만큼 쌓아 올린 뒤 불에 올려 잠깐 끓이면 끝이다. 양념장은 다시물에 조선간장과 매실즙과 들기름과 양파 잘게 썬 것을 넣어 섞는다. 냄비에 끓일 때 토마토를 썰어서 넣기도 한다. 간을 세지 않게 해서 밥 한술에 깻잎을 두세 장씩 얹어서 먹는다.

● 아욱라면

끓는 물에 라면을 넣을 때 아욱도 듬뿍 넣어 함께 자작자작 끓인다. 아욱은 형체가 뒤틀리도록 두 손으로 한껏 비벼서 넣는다. 불 끄기 전 마지막에 들기름을 넣는다. 칼칼한 맛이 당기면 약 오른 풋고추를 썰어 넣는다. 이렇게 끓이면 라면이라도 허전하지 않고 든든하다.

6~8월 가지, 고구마순, 깻잎, 꽈리고추, 부추, 비름나물, 상추, 아욱, 얼룩강낭콩, 열무, 오이, 옥수수, 풋고추, 하지감자, 호박

6월 중순쯤부터는 여름 텃밭이 내어주는 먹을거리로 밥해 먹느라 바쁘다. 정말 바쁘다. 하루나 이틀이 멀다 하고 먹을 것을 풍성하게 쏟아놓으니 이웃과 두루 나누어 먹지 않으면 안 된다.

● 가지나물

가지를 잘라 너무 물러지지 않게 쪄서 까나리액젓, 케일 효소, 들기름을 넣어 휘휘 섞듯이 살짝 무친다. 조물조물 무치지 않는다. 깨끗하고 담백하고 부드럽고 감칠맛이 난다. 식초를 조금 넣기도 한다. 이 가지나물에 국수를 삶아 넣으면 가지나물비빔국수가 된다. 가지나물은 가지가 달리는 가을까지 쭉 자주 해 먹는다.

• 감자샐러드

샐러드 그릇에 찐 알감자를 숟가락으로 큼직하게 뚝뚝 떼어 넣는다. 오이를 칼로 자르지 않고 방망이 같은 것으로 두드려서 쪼개어 넣는다. 여기에 상추를 손으로 찢어 넣은 뒤 양념을 끼얹으면 감자샐러드 완성. 빨간 토마토까지 썰어 넣으면 색도 맛도 더 좋아진다. 양념은 그때그때 다른데, 이번엔 사과농축발효소스와 올리브오일을 듬뿍 넣었다. 개복숭아 식초도 한 숟갈 넣었다. 이 샐러드만으로 훌륭한 한 끼 식사가 된다.

• 고구마순갈치조림

다시마와 멸치 우린 물에 껍질 벗긴 고구마순을 먼저 넣고 끓여서 고구마순이 한숨 숨이 죽은 뒤 갈치를 넣고 양념을 넣고 양파와 고추 들을 썰어 넣고 더 끓인다. 갈치는 금방 익으니까 너무 일찍부터 넣지 않고 나중에 넣는다. 생선이 들어가므로 비린 맛을 잡기 위해 고춧가루를 넉넉히 넣는다. 갈치도 맛있고 갈치와 양념 맛이 밴 고구마순도 맛있다.

• 고구마순김치

갓 담근 고구마순 김치 한 가지로 밥 한 그릇 금세 비운다.

• 고구마순아욱지짐

껍질 벗긴 고구마순을 다시마와 멸치를 우린 물에 넣어 먼저 끓이다가 팔팔한 기운이 한숨 죽으면 아욱을 비벼 넣고 고춧가루, 액젓, 들기름을 넣고 중불보다 약한 불에 국물이 자작해질 때까지 더 끓인다.

• 고추순나물

세찬 비에 꺾인 고추 가지에서 한 번 무칠 만큼의 고추순이 나왔다. 살짝 데쳐서 무친다. 고추순 본래의 맛을 보려면 이 살짝 데치는 것이 중요하다. 이 '살짝'을 넘어가면 고추순이 너무 익어서 흐물거리고 맛이 없다. 까나리액젓, 깨소금, 들기름을 넣는다.

• 꽈리고추멸치마늘볶음

말 그대로 꽈리고추와 멸치와 마늘을 볶은 것이다. 먼저 잔멸치를 팬에 기름을 두르지 않고 살짝 구워서 비릿한 맛을 없앤다. 잔멸치를 따로 옮겨놓고, 적당한 크기로 자른 마늘과 꽈리고추를 들기름에 볶다가 다시물을 조금 붓고 익힌다. 여기에 잔멸치를 넣고 함께 조금 더 볶다가 소금과 액젓으로 간을 한다. 들기름을 넉넉히 더 넣는다. 이 꽈리고추멸치마늘볶음은 밥도둑이다.

• 부추비빔밥, 부추달걀말이

우리 부추는 생육이 왕성하지 못하여 일반 부추 같지 않고 솔부추처럼 가늘다. 남 주기 너무 왜소해서 내가 다 먹는다. 잘게 썰어 밥알보다 부추가 더 많은 부추비빔밥을 해 먹는다. 부추달걀말이도 자주 한다. 다시물을 조금 섞고 새우젓으로 간을 한 달걀물을 달궈진 팬에 고루 붓고, 자르지 않은 부추를 달걀물 위에 그대로 넉넉히 펴 얹는다. 익어가는 거 보면서 잘 만다. 썰어놓으면 짙은 풀색 부추가 촘촘히 박혀 있어 보기에도 좋다.

• 비름나물

비름나물은 텃밭에 잡초처럼 절로 난 것이다. 잡초로 알고 뽑아내기 바쁜데, 시장에서 어엿이 팔고 있는 채소다. 텃밭 여기저기 절로 나는 비름나물을 눈여겨본 뒤 알맞게 자라면 부드러운 잎을 따서 최소한의 양념만 해서 나물을 해 먹는다. 고추장을 넣어 무치기도 하는데, 나는 텁텁해서 고추장은 거의 쓰지 않는다. 액젓에 깨소금과 들기름만 넣어도 맛있다. 비름나물 향도 거의 그대로 유지하면서.

• 상추겉절이

뚝뚝 손으로 찢은 상추에 까나리액젓, 식초, 들기름만 넣어 설설 섞는다. 고춧가루를 넣지 않으면 상추 본연의 맛이 더 또렷해지고 맛이 깔끔하다.

• 아욱감자된장국

텃밭 하지감자를 큼직큼직하게 썰어 다시마와 멸치 우린 물에 넣고 감자가 어느 정도 익을 때까지 먼저 한번 끓인 뒤 아욱을 비벼서 듬뿍 넣고 된장을 풀어 넣고 조금 더 끓이다가 양파와 찧은 마늘과 잘게 썬 매운 풋고추를 넣는다. 저절로 나서 아주 잘 자라는, 야생에 가까운 아욱 덕분에 계획에 없던 아욱 다량 섭취 현상이 발생했다. 그런데 아욱을 자주 먹다 보니 아욱을 좋아하게 되었다. 이름도 재미난 아욱!

• 액젓오이무침

과도로 뚝뚝 잘라낸 오이에 양파를 채 썰어 섞은 뒤 까나리액젓을 넣고 들기름과 매실즙과 식초를 넣어 무친다. 고춧가루를 쓰지 않는다. 담백하고 맛있다.

• 야채새우젓맑은국

호박, 아욱, 토마토, 양파에 두부도 썰어 넣고 새우젓으로 간을 하여 맑게 푹 끓인다. 중간에 들기름도 넣는다. 기름 넣는다고 국이 탁해지지 않는다. 두부를 넉넉히 넣으면 밥 없이 이 국만으로도 한 끼 식사가 된다.

• 야채샐러드

누렇게 웃자란 오이의 껍질을 벗기고 수제비 반죽 떼듯 툭툭 썰어 넣고, 양파 채 썰고, 방울토마토도 반 갈라서 섞은 뒤 양념을 끼얹는다. 양념을 따로 만들어서 넣지 않고, 그때그때 마음 가는 대로 넣어 섞어서 먹는다.

• 열무겉절이

열무가 워낙 여린 것이라 먹기 직전에 액젓, 매실즙, 식초, 들기름을 끼얹어서 바로 먹는다. 미리 해두면 숨이 죽어서 맛도 죽는다. 바로 해 먹으면 열무가 입 안에서 녹는다. 밥을 비벼 먹어도 좋다.

• 찐옥수수

벌레가 먹고 새가 쪼아 먹었어도 갓 딴 옥수수는 훌륭한 끼니가 된다. 옥수수 껍질을 다 벗겨내지 않고 맨 안쪽 껍질과 수염을 남긴 채 찌면 더 맛이 좋다.

압력솥에 옥수수를 넣고 물을 붓고 소금 조금 뿌려 20분 남짓 찐다. 압력솥 추가 딸각딸각 소리내기 시작하면 옥수수 익는 구수한 냄새도 퍼진다.

• 카레

카레에 텃밭에서 나는 야채를 고루 넣는다. 감자, 당근, 깻잎순, 옆 텃밭에서 준 호박, 매운 풋고추, 양파. 깻잎순만 나중에 넣고, 다른 야채는 썰어서 냄비에 한꺼번에 다 넣고 물을 부어 푹 끓인 뒤 카레가루를 넣는다. 다시물로 하면 더 맛있다. 참, 아욱도 넣는다.

• 풋고추와 된장쌈장

갓 딴 풋고추는 된장쌈장을 찍어 먹는다. 풋고추와 된장만으로도 훌륭해서 다른 반찬이 더 필요하다고 느껴지지 않는다. 약이 올라 아주 매워지기 전까지 여름내 풋고추를 자주 밥상에 올린다.

9~10월 가을 상추, 가지, 고구마, 고구마순, 깻잎, 무청, 루꼴라, 배추, 부추, 청갓

엄청나게 쏟아지던 작물의 기세가 꺾이고, 이제 텃밭은 김장 배추와 무로 사뭇 단순해진다. 배추와 무가 무럭무럭 자라는 시기다.

• 가지밥

가지밥은 찹쌀로 짓는다. 제철 가지를 큼직큼직하게 썰어 씻은 찹쌀 위에 듬~뿍 수북이 올리고 평소보다 물을 적게 넣는다. 약 오른 풋고추나 홍고추도 썰어 넣는다. 압력솥 추가 돌기 시작하면 가지와 함께 매콤한 풋고추 익는 냄새가 퍼진다. 가지물이 든 가지찰밥에 양념장을 끼얹어 살살 비벼 먹는다. 양념장은 까나리액젓이나 조선간장, 깨소금, 들기름. 밥솥을 열면 가지는 처음엔 썰어 넣은 모양이 살아 있으나 비비면 금세 형태가 온데간데없어진다. 가지찰밥은 부드러워서 목구멍으로 꿀렁꿀렁 잘 넘어간다. 순하고도 진한 보양식을 먹는 느낌이어서 연로하신 부모님께 해드리고 싶은 밥이다.

• 갓비빔밥

어린 갓을 솎아 액젓과 깨소금, 들기름만 넣고 밥을 비빈다기보다 섞는다. 성싱한 갓 향내가 물씬 나고 맵지는 않은 보약 같은 갓비빔밥.

• 깻잎김치

말이 김치지 간단하다. 고춧가루, 액젓, 매실즙, 잘게 썬 양파, 올리고당, 식초를 넣은 양념장을 깻잎 여러 장 위에 끼얹으며 쌓아나가면 끝. 미리 해놓지 말고 밥 먹을 때 바로 만들어 먹으면 더 맛있다. 싱싱함 자체가 최고의 맛을 낸다.

• 고구마밥

고구마를 큼직큼직 깍둑썰기하여 쌀 위에 얹어 밥을 짓는다. 그냥도 맛 좋은데, 밥물이 스며서 고구마는 더 맛있어진다.

• 고구마카레

카레에 흔히 넣는 감자 대신 고구마를 넣는다. 고구마에 양파, 표고, 대파 등 있는 재료를 썰어 넣어 볶다가 물을 붓고 한소끔 끓인 뒤 카레 가루를 넣는다.

• 무청김치

김장 무가 잘 자라면서 크고 기다란 잎들이 정글처럼 우거졌다. 무청이라고도 하는 무잎을 알맞게 솎아 따줘야 하는데, 이맘때 무청은 크고 실하면서도 억세지 않고 순해서 김치를 담그면 별미다. 작은언니가 김치를 담가서 온 식구 나누어 먹었다. 이 무청김치 한 가지로 갓 지은 밥 두 그릇을 뚝딱 비웠다.

• 배추된장국

텃밭 배추를 뽑아다 된장을 조금만 풀어 넣은 슴슴한 배추된장국을 끓인다. 멸치다시마육수를 쓴다. 물리지 않아서 몇 날이고 계속 먹을 수 있다. 가을배추의 맛!

11월~ 말린 고구마순, 무, 배추, 생강

늦가을부터는 가을배추와 무로 밥상을 다채롭게 차릴 수 있다. 배추와 무가 거의 다 한다! 배추겉절이, 데쳐서 무치는 배추나물, 슴슴한 배춧국, 싱싱한 배추쌈, 배춧잎 한 장씩 밀가루물 입혀 부쳐내는 단순하고도 푸짐한 배추전… 사실 배추로는 못 할 음식이 없을 정도다. 무도 그렇다. 채 썰어 식초와 액젓, 들기름, 고춧가루 양념을 한 무생채나물, 채 썬 무를 볶다가 들깻가루를 넣는 부드러운 영양 만점 무나물, 굵직하게 썰어 고춧가루와 다시물에 뭉근하게 끓여 졸이는 무조림, 맑은 뭇국, 어묵국, 그리고 무전… 배추와 무만으로도 향연이 펼쳐진다.

• 고구마순조기찜

껍질째 데쳐 햇볕에 말려 묵나물로 만든 고구마순을 시래기처럼 쓴다. 먼저 물에 담가 불린 뒤 씻어서 냄비 바닥에 깔고 두툼하게 썬 양파를 넉넉히 넣고 다시물을 부어 한소끔 먼저 끓인다. 국물이 우러나고 고구마순이 어느 정도 익었을 때 작은 조기를 여럿 올리고 대파를 듬뿍 큼직큼직하게 썰어 고춧가루, 액젓, 들기름, 다진 마늘을 넣고 국물이 자작자작해질 때까지 중불에 더 끓인다.

• 무전

무를 0.5센티미터쯤 되는 두께로 둥그렇게 썬다. 밀가루물에 소금과 생강 다진 것을 넣어 팬에 기름을 넉넉히 두르고 부친다. 생강 넣는 것이 중요하다. 무전이 이렇게 맛있을 줄 해서 먹어보기 전에는 몰랐다. 깜짝 놀랐다.

• 배추겉절이

배춧잎을 손으로 뚝 뚝 잘라 고춧가루, 새우젓, 액젓, 케일효소, 깨소금을 넣어 버무린다. 3분쯤 지나면 숨이 살짝 죽고 먹기 좋게 간이 밴다. 즉석 겉절이의 맛. 배추 자체가 달아서 풍미가 확 돈다.

• 생강차

텃밭 생강을 편처럼 얇게 썰어 설탕과 1:1로 섞어 한 시간쯤 상온에 재워두었다가 냉장고에 넣고 두 주 뒤부터 차로 마신다. 쌀쌀해진 날씨에 어울린다.

발은 땅을 디디고
손은 흙을 어루만지며
도시텃밭 그림일지

초판 1쇄 발행 2023년 5월 22일

지은이 유현미
디자인 페이퍼민트
펴낸곳 오후의 소묘

출판신고 2018년 8월 30일 제 2018-000056호
sewmew.co.kr@gmail.com

ISBN 979-11-91744-23-1 03810